智慧公主马小岚前传Ⅰ

邻家"八卦妹"

麦晓帆 马翠萝 著

化学工业出版社
·北京·

飞跃青春系列　爱生事三人组　麦晓帆著
ISBN 962-923-196-4
本书为山边出版社有限公司授权化学工业出版社有限公司的中国大陆地区（不包括中国台湾、香港及澳门地区）的中文简体字版本，仅限于在中国大陆地区（不包括中国台湾、香港及澳门地区）发行销售。

北京市版权局著作权合同登记号：01-2018-2254

图书在版编目（CIP）数据

智慧公主马小岚前传. 1，邻家“八卦妹”/麦晓帆，马翠萝著. —北京：化学工业出版社，2018.7（2022.4重印）
ISBN 978-7-122-32118-3

Ⅰ.①智…　Ⅱ.①麦…　②马…　Ⅲ.①儿童故事-图画故事-中国-当代　Ⅳ.①I287.8

中国版本图书馆CIP数据核字（2018）第096922号

责任编辑：刘亚琦　李雅宁　　　　　　责任校对：宋　夏

出版发行：化学工业出版社（北京市东城区青年湖南街13号　邮政编码100011）
印　　装：涿州市般润文化传播有限公司
880mm×1230mm　1/32　印张5　2022年4月北京第1版第5次印刷

购书咨询：010-64518888　　　　　售后服务：010-64518899
网　　址：http://www.cip.com.cn
凡购买本书，如有缺损质量问题，本社销售中心负责调换。

定　　价：18.00元　　　　　　

目录

1 邻家的“八卦妹”

“唉，我该怎么办？我该怎么办才好呢？”

小岚一脸愁容，坐在书桌前苦苦思索着，她正面临着一个重大的抉择。

这个问题已经困扰小岚很久了，现在该是解决的时候了。

“做，还是不做，这是个问题。”小岚叹了一口气，不禁说出莎士比亚的名句，以表达她内心的矛盾。

突然，小岚想通了！

她一拍桌子，说：“好！就这样定了！”

她毅然把电视机关上，然后拿出一摞作业本，摆了一桌子。

原来，困扰了她好久的就是“做不做作业”这样一件事情。

“唉，那电视剧真好看啊，但作业实在太多了……没有办法了。”小岚一边做着作业，一边无奈地嘀咕着。

不过这其实是小岚自找的，如果她在暑假一开始就把作业做完的话，现在就不用这么心烦了。

暑假已接近尾声，但是她的暑假作业本就像她的脑袋一样，丝毫没有用过的痕迹。正所谓快乐不知时日过，小岚完全把做作业这事给忘掉了。

噢，差点忘记介绍这位女主角了。小岚的全名叫马小岚，是个中学生，今年十六岁。

小岚的父母都是著名考古学家，他们因为工作关系常常离开香港，所以只剩下她一个人“留守”在家。不过，这正中小岚下怀，这没人管的感觉可不是一般的好啊！

小岚的学习成绩不是特别优秀，但也并不差，而且她的语文成绩在班里可是排在前五名的，这可能和她喜欢看书有关。

小岚特别喜欢看各种各样的侦探小说。《福尔摩斯探案全集》自然全部看过，阿加莎·克里斯蒂的作品，她也是一本接一本看，总之凡是侦探小说，她都是“宁杀错，莫放过”。阅读使她获益良多，不但令她的作文常常被老师称赞，而且还提高了她的思考判断能力，当她和朋友一起看《金田一少年事件簿》之类的侦探电视剧时，很快就可以找出破案的关键，猜出谁是凶手。

可惜的是，小岚的推理能力并无用武之地——生活在香港这个治安良好的大都市里，她根本就不会在现实生活中遇上什么真实案件。比起那个经常碰到怪事的金田一，她只觉得自己运气极差。

“什么时候我才可以做个真正的侦探呢？唉……”深感“怀才不遇”的小岚常常为此长吁短叹。

“叮咚……”不知是谁突然按响了门铃，把小岚吓了一大跳。

“谁呀？”小岚大声发问，但却听不到回答。

“奇怪，都这么晚了，还有谁来找我呢？”小岚无奈

地离开书桌，向大门走去。

小岚把大门开了一条小缝，向外张望。令她意外的是，门外站着的竟是一个送外卖的年轻人。

那个人身穿一件红白相间的制服，而他手上则捧着许多个大大小小装食物的盒子。从盒子上的商标可以得知，这些食物来自一家很有名的快餐连锁店。

当小岚把门全打开后才发现，这位年轻人身后，还站着几个穿着相同制服、手上同样捧着多个打包盒的人。

小岚吃惊地说："你们弄错了吧，我并没有叫外卖。"

"噢，对不起。"那位年轻人连忙解释道，"我们是好好味快餐店荃湾分店的送餐员，想请问一下，你认识隔壁507房的王先生吗？他是否外出了？"

年轻人说着，下巴转向右侧人家的大门示意着。

小岚只知道507房住了一个姓王的单身男人，但是跟他并没打过交道，即使偶然碰到，也只是出于礼貌打个招呼。

"我和那户人家不熟。"小岚如实地对年轻人说，"他不在家吗？"

“我们敲了很长时间的门了，但都没有人回应，明明说好了是这个钟点送来的嘛！”一个胖胖的送餐员一脸无奈地回答，“他还叫了这么多外卖，你看……”

他们手上所拿的食物数量之多，足够二十多个人聚餐了。

“为什么你们不按门铃呢？可能他没听到敲门声吧。”小岚说。

“不行呀，”年轻人指了指507房大门的一侧，“你看，门铃被拆掉了。”

小岚望了望，那门铃果然被拆了，只留下一个小小的窟窿。

“那我就没办法帮你们了。拜拜！”小岚说着，打算关上门，继续去做她的作业。

正在这时，胖胖的送餐员感到有点不对劲，抽抽鼻子说：“喂喂喂！你们有没有闻到一股煤气的味道？”

在场的人都不约而同地抽抽鼻子，使劲嗅着。

大家果然都闻到了一股轻微的煤气味。

“好像就是从这屋里传出来的。”其中一个送餐员放

下手中的食物，贴近507房大门的门缝用力地嗅着。

“没错！的确是从里面传出来的。”

“怎么办？怎么办？怪不得没有开门，怕是死在里面了！”胖胖的送餐员大惊失色。

小岚精神为之一振，脑子里马上涌现出侦探们处理出事现场的情景，她命令道：“你们谁下楼去找这幢楼的保安并帮忙报警，其他人帮忙把大门撞开。”

“我去找保安！”胖胖的送餐员身手灵活，一转眼就跑下了楼。

剩下的人于是合力去撞那大门。

“砰！砰！砰……”几个人费尽力气，经过几分钟的努力，大门终于“砰”的一声被撞开了。

一股浓烈的煤气味迎面扑来，小岚和几位送餐员赶紧掏出手帕捂住鼻子和嘴巴，走进屋里。

只见王先生躺在客厅的地板上，不省人事。

“你们赶快把王先生抬出去！”小岚俨然一个真正的大侦探，她一边下命令，一边跑进厨房把煤气阀关上，又把屋子里所有窗户打开。

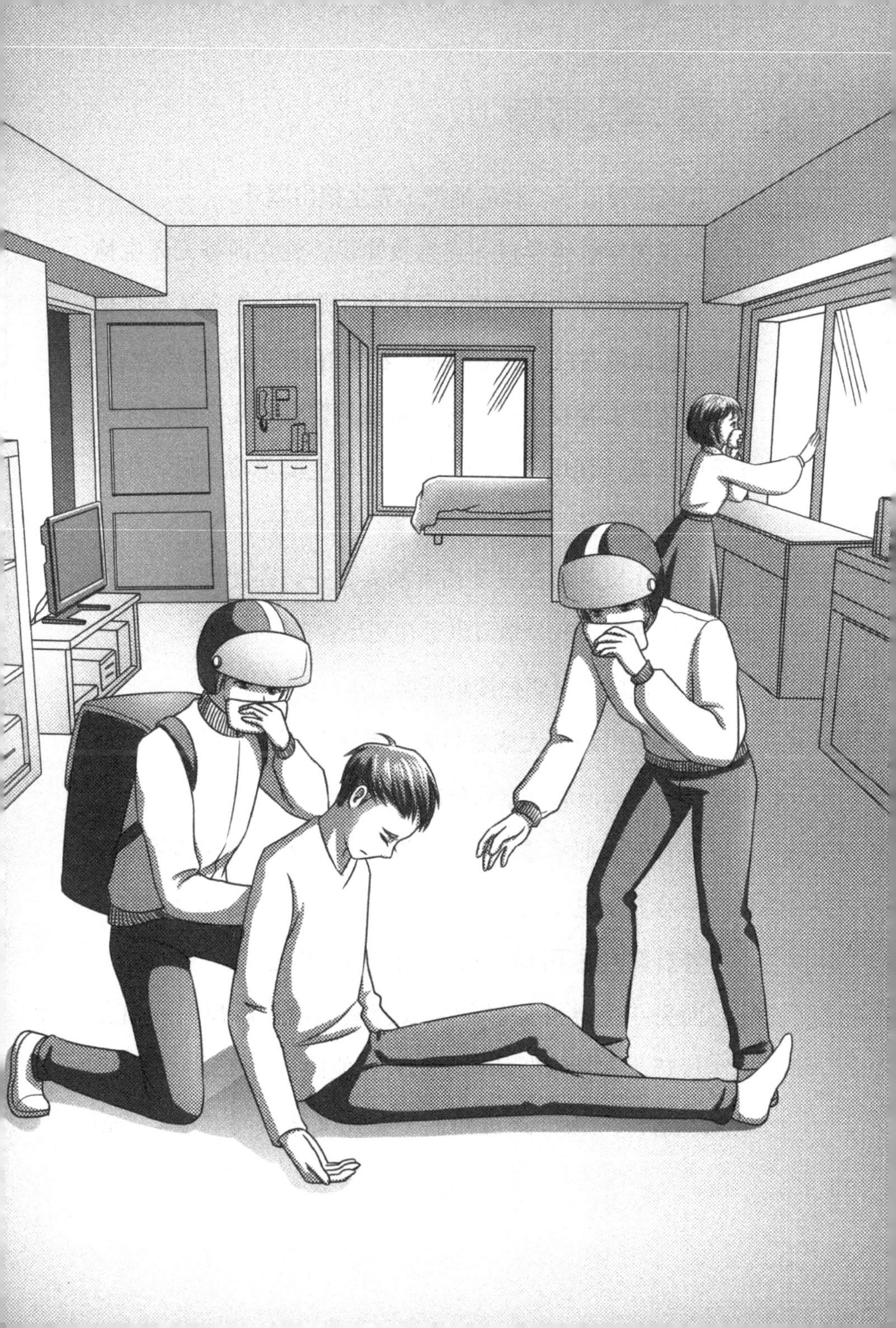

几名送餐员手忙脚乱地把王先生抬出屋外。

小岚在学校里学过一点急救知识，她立即替王先生检查了心跳和呼吸。由于吸入了过多的煤气，王先生身体很虚弱，他面色苍白、脉搏缓慢，看来得赶快送医院救治。

两名便衣警察、一队身穿制服的警察和几名救护人员几乎同时到达现场，救护人员为王先生简单检查后，用担架把他抬走了。

由于小岚是最先发现伤者的人之一，因此被要求留在现场协助调查，这令她可以近在咫尺看警察查案了。

警员在屋子里四处搜集证据。

“嗯……说王大成是自杀，看来是不会有错的。”一个高高瘦瘦的便衣警察对他的同事说道。

他看上去似乎是警长，因为小岚看到他老是指手画脚的，一会儿叫这个警员去卧室看看抽屉，一会儿又指使另一个警员进入洗手间看看，嘴巴一直没停过。

而另一个胖胖矮矮的便衣警察却恰恰相反，一直是“少说话，多做事”的样子，只见他像个大圆球一样，一会儿从客厅“滚”进房间，一会儿又从房间“滚”了出来，看得小岚直乐。

瘦高警长顺着自己的思路继续自言自语道：“房间内的窗户全部都从里面锁上了，大门也是如此，如果是谋杀案，凶手根本就没有可能在作案后逃走。再说，到现在为止，还未发现房间内有第二个人的指纹……”

矮胖警察从里屋出来，把他在书桌抽屉里找到的一摞文件交给瘦高警长。

警长一边翻文件，一边继续自言自语，看来这是他的老习惯。

“伤者王大成是一家贸易公司的老板，从这些文件可以看出，他的公司因一笔高达五百万元的货款收不回来，资金周转不开，公司无法正常运作，濒临倒闭。自杀动机完全成立，基本上可以断定这是一宗自杀案……”

“错，王先生不是自杀！”突然，有人大声地插嘴道。

是谁敢挑战自己的权威！警长扭头一看，原来是那个协助调查的学生小妹。他心里很不高兴，那家伙是不是自杀，自然有我们警务人员去查，关你这个“八卦妹”什么事！于是，他睁大双眼瞪着小岚：“已经询问完你了，怎

么还不走！知道这里是什么地方吗？案发现场，我们警察破案的地方，你一个小丫头掺和什么。快，快离开这里！”

小岚可是不怕吓唬的，她一边努力地瞪圆眼睛回敬高瘦警长，一边理直气壮地说：“怎么不关我的事，王先生不但是我尊敬的邻居，还跟我有非常密切的关系！他出了事，我是一定要弄明白不可的！”

“你跟他有什么关系？”警长狐疑地看着小岚。

“他呀，他是我表姨父的堂舅的表弟的女婿的哥哥呢！”

“你表姨父的堂舅……的表弟……的女婿……的哥哥？”警长扳着指头算了半天，还是没弄明白。

“唉，凭你这样的IQ指数是不会明白的！”小岚叹了口气。

“你……你……嘿，走走走，不要再给我添麻烦了！”警长意识到自己被这小女孩捉弄了，不禁气急败坏起来。

“我偏不走！我不能让我的邻居兼亲戚就这样不明不白蒙冤受屈。总而言之，我认为他一定不是自杀！”小岚摆出一副不屈不挠的样子。

警长被小岚弄得头都大了，只好说：“你真是不到黄河心不死！好，我就给你个机会说说，凭什么说王大成不是自杀。”

小岚振振有词地说：“听着！既然王先生准备自杀了，又为什么要在自杀前叫那么多外卖呢？莫非他想当个饱死鬼……”

“这……”警长被问住了，顿时脸红脖子赤的。

这时，矮胖便衣警察走了过来，说：“头儿，在墙上找到了不属于王大成的指纹……”

“哈哈！我不是说了吗，”小岚的脸上荡漾着胜利的微笑，“这宗案件必定另有内情。”

“有另一个人的指纹也不能证明这宗案件就是谋杀案，或许，或许只是他的访客留下的，还是要等指纹的化验结果出来才能下结论。”警长脸通红地辩解着，接着他又板起脸说，“好了，不要妨碍我们办事了，你快回家去吧！”

在警员的再三驱赶下，小岚不得不离开507房。当她回到家中睡下时，已经是凌晨两三点了。

一觉醒来，已是第二天中午。梳洗完毕，小岚又跑到隔壁，看看案情有什么进展。

“你不能进来，这里仍在封锁之中！”一名警员把小岚拦在封锁线外。

小岚只好站在外边探头探脑地看着。那位警长不在，只有几个警员继续在507房寻找线索，但是似乎还未有特别的发现。

小岚从那些警员的谈话中得知，那位王先生虽仍有呼吸和心跳，但由于吸入了太多的煤气，目前仍在昏迷中。

小岚正在竖起耳朵听着警员们的对话，突然有一个人大叫着她的名字。

“咦？那不是小岚吗？小岚小岚！是我呀！”

小岚急忙向声音传来的方向望去，只见一个和她差不多年纪的女孩子，大叫着向她跑来。

“周晓晴！”小岚惊喜地叫了起来，“你怎么会在这里？”

“我们家在前几天搬到这幢大楼了！”那位名叫周晓

晴的女孩回答道，“很久没见面了，想不到会在这里碰见你。你在这里干什么？”

原来小岚和晓晴是小学同学，而且她们的座位相邻，大家很谈得来，只是升中学时报读了不同的学校，之后就失去了联络。

“真巧，我也住这幢大楼呢，我们又可以在一起玩了！”小岚高兴地说。

晓晴一边拉着小岚的手，一边笑得嘴都合不拢，但随即她又疑惑地指着507房，小声问小岚：“你就住在这里面吗？听说……”

小岚连忙解释：“不是不是！我住在隔壁，出事的是我的邻居。”

晓晴这才放心了，而小岚这时发现有一个十二三岁、瘦瘦小小的小男孩，他正躲在晓晴身后，鬼头鬼脑地朝507房里张望。

“晓晴，你后面那个小鬼是谁？”小岚指了指那小男孩。

“哦，他是我的弟弟。”晓晴说着拍了拍小男孩的肩

膀，“晓星，来！乖，叫一声姐姐……”

那个名叫晓星的小男孩极不情愿地收回视线，向小岚叫了一声：“姐姐。”然后把头一转，又继续盯着507房看。

晓晴笑着对小岚说：“别怪他，他就是这样的人。从小就很喜欢看侦探小说，老是幻想自己是一个大侦探——哎，我记得你不是也很喜欢看侦探小说吗？说起来他和你很相似呢！”

鬼才跟他相似呢！绿豆芽似的个头，我可有着绝对的高大形象！小岚心里嘀咕着。

小岚看了看晓星矮小的身形，突然心生一计。

“晓星，乖，过来。”小岚蹲下身子，像哄小猫咪一样朝晓星招手。

晓星转过头，警惕地望着小岚，心想：这个刚才对自己一点也不友好的姐姐，突然间怎么啦！他脑子里涌现出了狼外婆的模样。

小岚故意压低声音，神秘兮兮地对他说：“告诉你一个秘密，你千万别告诉别人。其实我就是负责侦破这宗惊天谋杀案的国际刑警，你可以帮国际刑警组织做点事吗？”

晓星一听，兴奋得眼睛发亮，他同样压低声音对小岚说：“小岚姐姐，你尽管吩咐！只要我能做到，必定赴汤蹈火，万死不辞。”

在旁的晓晴听了，不禁捂着嘴偷笑。

“真是个好孩子！我敢保证，不出三五年，你比金田一，不，比福尔摩斯还要厉害十倍！”小岚先送给晓星一顶高帽子，然后说，“现在我给你一个任务，你趁把守的警员不注意的时候，偷偷溜进去躲起来，尽量把看到的、听到的都记在脑子里，然后告诉我。”

“遵命！”晓星一边说还一边行了一个礼，然后蹑手蹑脚地向507房移动。

趁着那位负责把守的警员和另一位警员说话的时候，矮小的晓星一眨眼就溜了进去。

“对了，小岚，你在怀疑什么？今早的报纸都说那人是自杀，为什么你认为他是被人谋杀呢？”晓晴问小岚。

“我觉得这宗案件有很多疑点，绝不是自杀那么简单。”小岚认真地回答。

这时候，507房里传出了警员们的叫喊声。

“喂！哪来的小鬼，把他赶出去……”

“抓住他……咦？他躲到哪里去了？”

“啊，在衣柜里……看你往哪里跑……”

紧接着一名高大强壮的警员，像拎着一只小猫一样提着晓星的衣领，走出了507房。

这个警员把晓星放下来，同时警告道：“你给我听着，如果你再来捣乱的话，我就打你的屁股！”

晓星吓得急忙跑到晓晴的身后，躲了起来。

“唉……”小岚无奈地摇头，“真是所托非人啊！”

这时候，晓晴突然惊叫了起来：“旺旺呢？旺旺不见了！”

小岚听了忙问：“旺旺是谁？也是你的弟弟吗？嗯，晓星，旺旺，不错，都是好名字。”

晓晴瞪了小岚一眼，说：“什么呀！旺旺是我们家的狗，我和晓星带它出来散步的，怎么就不见了！”

晓星也着急地叫着：“旺旺！旺旺！”

这时，从507房跑出一只黑狗，嘴里还叼着一个印有米老鼠的毛巾。

晓晴和晓星一见，高兴地叫了起来：“旺旺！是旺旺！”

晓晴马上又叫了起来：“呀，旺旺，你什么时候跑进里面去了，还叼了这么一条脏毛巾出来！都怪你呀，晓星，你平常总喜欢用米老鼠玩具训练旺旺，弄得它看见有米老鼠图案的东西就叼回家！还不快把毛巾扔进垃圾桶！”

小岚突然多了个心眼，说：“慢着，我看看！”

小岚摸了摸那条毛巾，湿湿的，并且几乎整条毛巾都是湿的，应该不是旺旺的唾液造成的。

她自言自语道：“离昨晚发现王先生的时间至少已经过去十多个小时了，按毛巾的湿润程度来推测，这毛巾昨晚应该浸了大量的水。最大的可能是，这毛巾是用来捂着鼻子和嘴，以防吸入煤气的。但——不管王先生是被杀还是自杀，都不会事先准备这种东西的，那就只有一个可能……”

小岚的脑袋飞快地运转，把昨天所见到的、听到的又回忆了一遍，想着想着入了神，眼睛也闭上了，直到

晓星和晓晴以为她睡着了的时候，她突然大喊："我想到了！"

晓星挠着头问："你想到了什么？"

小岚并没有直接回答他的问题，只是没头没脑地说："三位送餐员，一位去报案了，应该只剩下两位了呀，为什么抬王先生出屋子的时候，会有三个人呢？这就是问题所在了！"

晓晴和晓星听得丈二和尚摸不着头脑。

小岚自己开心地笑了起来，因为她终于把案子理出个头绪来了。她目前要做的就是赶快找到警长，请他赶快把凶手缉拿归案。

这时候，小岚突然听到了一个熟悉的声音："喂，你呀，只顾聊天，小心漏掉重要线索！"

小岚一看，咦，那不是警长吗？也不知道他是什么时候来的，一来就教训起部下来了。

"喂！那位高高瘦瘦的警长……对对，叫的就是你呀！"小岚兴奋地叫了起来。

在被一个女孩子大呼小叫之后，警长狼狈地来到了小岚面前。

“嘿！你又来干什么？真是个爱生事女孩！”警长又望了望晓晴和晓星，心里暗暗叫苦：糟了，一个还不够，又带来两个，这回真是麻烦了。

“我来是想问你，查到留下指纹的那个人的身份了吗？案件到底侦破了没有？”

“唉……真烦！好吧，怕了你了，我讲完之后，你再也不要烦我了。那个指纹是属于王大成的一个刘姓朋友的，实际上，刘某就是欠了王大成五百万货款的那个人。因为王大成的公司是家‘蚊型’小公司，整个公司就只有他一个人，所以刘某欠他五百万的事只有他自己知道。加上他是单身汉，没有任何亲人，因此假如他死了，这五百万元的债务便可以一笔勾销……因此，刘某的杀人嫌疑很大。”

“不过，依我看你没有足够的证据控告他吧……”小岚笑着说。

警长懊恼地说：“没错，只凭一个指纹是绝对不能对刘某进行起诉的，他可以说这指纹是他之前来拜访时留下

的。所以，如果伤者一直不醒，就没更多证据指证他了。好了，你也听够了，回家去吧！”

“告诉你，我已经知道刘某是怎么作案的了。”小岚得意地说。

警长听了大笑起来：“连我们警方都未能破的案，你这个小女孩能破得了？不要开玩笑了。”

“你不相信我吗？”小岚问。

“那还用说！”

“那么可以让我看看你的手吗？”

“我的手？”警长对小岚的要求不明所以，“为什么我要把手给你看？”

“警察叔叔，你害怕了吗？”这时，站在一旁的晓星说话了。

这句话果然有效，警长立即反驳道：“怕？我会怕她？开玩笑！给她看又能怎么样。”

他马上把双手伸了出来，让小岚看。

“好了，听着……我知道，第一，你在当警长之前曾做过巡警；第二，你是个左撇子；第三，你佩戴了隐形眼镜；第四，你是一个时间观念不强的人；第五，不久前你去过热带地区旅游。请问，我说得对不对？”

警长惊讶地望着小岚：“你……你怎么知道的？你竟然查我的底细？”

“嘻嘻……我才没那么无聊去查你呢！”小岚笑着回答，“听着，首先，你的手上长了厚厚的茧，这是长期驾驶摩托车所造成的，因此我推断你以前当过巡警。你的其他手指甲都有些长，唯独左手拇指和食指的指甲被剪得很短，因此我推断你是左撇子，并且需要佩戴隐形眼镜，因为当你佩戴或摘下隐形眼镜时，你的手指会触摸到眼球，所以要把左手这两指的指甲剪短。”

小岚见警长目瞪口呆地专心听她分析，心里暗笑，又继续说道：“另外，你所戴的手表被你刻意拨快了十分钟，那是没有时间观念的人才会做的事，以提醒自己不要迟到。最后，你的手背很黑，但你的手心却仍很白，这通常是因为到热带地区被晒黑了。嘿，不要以为我调查过你，刚才说的这些，全部都是根据你的手推断出来的。”

面对小女孩的精彩分析，不但那位警长目瞪口呆，连

小岚身旁的晓晴和晓星也都被惊到了。

“好了，现在，你可以听我分析案情了吗？”小岚笑着说。

“可以，你说。”警长像是仍未从震惊中缓过神来，机械地点着头。

“首先，刘某来找王先生，由于他们是互相认识的，刘某顺利地进入了王先生家中。接着，刘某用某种方法，例如在饮料中放了迷药之类，使王先生昏迷过去，然后刘某就把所有的窗子和大门从里面锁上。当一切都准备好之后，刘某就把昏迷的王先生拖到房间的中央，然后打开煤气阀想杀人灭口。”

“不过，刘某在作案之后，到底是从什么地方离开的呢？这才是关键呀！”警长眨眨眼睛，像个好学的小孩子。

显然，他现在已经不敢再小看眼前的这个小姑娘了，他不得不从心底里承认，这个顶多十六七岁的女孩子实在不简单，她真的有当侦探的天分，一点也没有错。

小岚分析的凶手作案过程，他是基本同意的，因为根据医院方面提供的资料，王大成的血液里有安眠药的成分。虽然，据调查王大成有服用安眠药后入睡的习惯，但也不能排除是刘某利用他的习惯将过量的安眠药放在饮料中令他昏迷，然后作案的可能性。

此外，经过调查，一个人居住的王大成是一个性格极为内向孤僻的人，而且有严重的洁癖，平时绝对不让别人进入他的私人住处。因此，曾进入过又留下指纹的刘某，的确有重大嫌疑。

不过，令警长无法解开的疑团，就是凶手作案后是如何离开现场的。如果这个问题无法解决，单凭那个指纹很难认定是他杀，最后还是得回到自杀这一结论去。

警长希望小岚替他解疑，他的口气不再傲慢了，而是像在虚心地向一位大侦探请教，或者像一个学生向自己的老师讨教那样恭敬。

"凶手是堂堂正正从大门离开的。"小岚答道。

"大门？不大可能吧，你看，大门不是从里面锁上了吗？"

"问题就在这里。"小岚接着道，"警长先生，可不

可以告诉我有关刘某的调查结果，他有没有不在现场的证据？”

“嗯，可以，”警长回答道，“根据我们的调查，他昨夜一夜未归，又拿不出不在现场的证据，可惜目前我们没有足够的证据拘捕他。”

“如果我没有猜错的话，”小岚说，“刘某曾经在好好味快餐连锁店当过送餐员吧。”

“咦？你怎么知道的？”警长惊讶地挑起了眉毛，“的确，刘某曾在好好味快餐连锁店工作过。他是半年前才从那里辞职的，辞职后成立了一家贸易公司，做一些转手买卖，就是从别的商人手里拿了货，再转手卖到东南亚一些国家，从中牟利。但据了解他的生意一直亏钱，而王大成那五百万货款，他可能是因为没办法偿还，所以铤而走险，最后杀人灭口吧！但是，他在好好味快餐连锁店工作过，这和案件有什么关系呢？”

小岚很自信地说：“当然有关系。这就说明了一件事，他对这家快餐连锁店的运作十分熟悉，而且拥有一套送餐员的制服。我问你，为什么王大成在自杀前要叫外卖，而且要叫那么多？”

警长摇了摇头。

“我来告诉你吧，”小岚大声说，“其实刘某是趁混乱时，混在那几个送餐员中溜走了！”

警长连忙道：“愿闻其详。”

“情况是这样的。”小岚胸有成竹地说，“刘某带着他在快餐店穿过的制服，来到王大成的家中，假装谈还债的事；当他弄昏王大成且反锁门窗后，就打电话叫了大量的外卖，然后根据他之前的工作经验，计算好送餐员到来的时间，打开煤气阀，并穿上快餐店制服等待送餐员的到来……”

小岚停了停，接着说：“当送餐员来到门口无人开门时，也必然会发现有煤气泄漏，接下来就一定会破门而入。就在这个时候，同样穿着连锁店制服的凶手就趁机混入其中！而凶手之所以要叫那么多食物，就是知道那些食物起码要三四个人来送，人一多自然就容易蒙混过关了。”

“分析得很有道理。”警长点点头表示认同，但接着

又提出新的疑问，“但是，那几位送餐员是互相认识的，为什么有陌生人混在其中也不知道呢？”

“这个太简单了，当我们冲进屋内时，迎面扑来的煤气味使我们都自然而然地用手帕捂住了鼻子和嘴巴，这就等于遮住了面部主要的特征。而凶手也跟我们一样做着同一个动作，送餐员们自然就认不出来了。加上当时救人心切，大家都处于十分紧张的状态，也就没有心思留意人数的多少，更没有时间去察看同伴的模样。而在把王先生抬出去之后，又将注意力放在王先生的安危上，凶手就趁机偷偷溜走了，制造了屋内只有王先生一个人的假象！”

“经你这么一分析，事情就明白多了！原来是这么简单……竟然这么简单……”警长由衷地赞叹起来，但他又突然想到了什么，“咦，还有个问题，在煤气阀打开后，王大成和刘某都在屋里面，那刘某不担心自己跟王大成一样因煤气中毒而死吗？”

“嘿嘿，这里面有蹊跷呢！其实我刚进到王先生的屋子里时，就有一个疑问。因为当时屋子里所有窗户都是紧闭的，但只有洗手间的窗户是打开的。我当时还以为是作案人疏忽了，直到旺旺拿来了这个东西……”

小岚举起那条旺旺从案发现场叼来的米老鼠毛巾，停顿了片刻，继续说：“作案人刘某打开煤气阀后就躲进了洗手间，在关上门后又打开了窗户呼吸外面的空气，接着他又来个双保险，将这浸了水的毛巾捂在嘴巴上。呵呵，警长先生，这毛巾现在就交给你了，毛巾上面很可能沾有作案人的唾液和体液，只要验出和刘某的DNA相同，那真相就会大白了！”

小岚话音刚落，就响起了如雷般的掌声。哦，不能太夸张，改用热烈吧！一旁的晓晴和晓星还有警长都为她鼓起掌来。

“小姑娘，真是太感谢你了！结案以后，我一定替你向上级请功。”警长对小岚的佩服与感激，真有如万里江水般滔滔不绝啊！他拿出一个保存证物用的密封袋，把毛巾装了进去。

警长突然想到了什么，又说：“那位旺旺先生在哪里，我也要感谢他提供了这么重要的证据，也要替他请功。”

“汪汪汪！”一直没吭声的小狗旺旺也很有荣誉感，听到要替它请功后，小尾巴翘得高高的，朝着警长叫了起来。

“噢！”警长猝不及防，顿时吓得跳开几米远。

小岚得意地说：“警长先生，请允许我向你隆重介绍，这位就是找来毛巾的旺旺先生。别忘了你刚才的承诺哦！”

警长一副尴尬的样子：“啊……哦……哦……”

经过鉴定，果然从那米老鼠毛巾上面验出了刘某的DNA，刘某被刑事拘留。经审讯，刘某在证据面前低头认罪，坦白了作案经过。他供出的作案方法，果真如小岚所推断的一样，这令一起办案的警察们惊讶不已。

不久之后，那王大成也在医护人员的治疗下，从昏迷之中醒过来，指证了刘某。至于那位警长（啊，忘了介绍，他姓胡，叫胡志文），因为破案有功，被升为督察。

为表示对小岚的感谢，胡督察坚持要请小岚吃饭，死皮赖脸凑上来“陪吃”的晓晴和晓星，硬是奉行“不贵的不吃”这歪点子，一顿饭贵得胡督察心痛了大半个月……

这一切似乎都很圆满。

只不过……

“天啊！竟然还有这么多作业未完成！”小岚吃得心满意足回到家里，但看着仍然白白的一摞作业本，忍不住悲从中来。

她又是捶胸又是跺脚，呼天抢地叫喊着：“语文、英语、历史、作文、化学，啊！我的天啊！还有这么多作业没做，这怎么可能在这两天里做完呢！救命呀……”

这时候，“砰砰砰”——有人急促地敲门，小岚开门一看，原来是晓星。

晓星讨好地说：“听姐姐说，你还没有做完假期作业，我把姐姐的作业本偷来了，你照抄就是。”

小岚瞟了晓星一眼，说：“来贿赂我吗？快说，想要什么好处？”

晓星小声说：“我想小岚姐姐教我几个破案的绝招。”

小岚故意恶狠狠地说：“好啊，露出狐狸尾巴来了！竟敢贿赂国际刑警，看我拎你上警察局喝咖啡去！”

晓星吓坏了，抱着头往外面逃去：“不要！不要！晓晴姐姐，救我啊！”

小岚开心地大笑了一会儿，接着坐到书桌前自言自语道：“好小子，你以为我小岚会抄别人的作业吗？哼，瞧我的，只要二十四小时不睡觉，准把作业做得妥妥当当的！好，开工！”

2 计算机自杀事件

不知不觉，小岚开学已经半个多月了。

新的学年有忧也有喜。忧的是，新的学期作业更多、功课更难、测验更频繁，小岚简直连“生事八卦”的时间都没有。而喜的是好友晓晴搬家后转学到她所就读的泰奇中学，而且和小岚在同一个班。用晓星的话来说，这对老友兼死党又可以在一起了。

星期六上午，小岚像往常一样，赖在床上睡懒觉。到了十一点多的时候，门铃不知被谁按得震天响，她不得不起来了。开门一看，原来是晓星，他一脸讨好的样子。小岚连脸都没洗，就被晓星扯着衣角拉到了他家。

“只不过是一台普通计算机罢了，有什么值得夸耀的。我两年前就有自己的计算机了。”小岚双手叉腰，一脸瞧不起的模样。

“小岚姐姐，你仔细看看，这是最新型号的计算机呢，很高端的……”晓星很客气地反驳着自己的偶像。

“你老是沉迷于玩计算机，小心变成大近视哟！”小岚的计算机比晓星的落后，她没话可说，便没事找事地攻击他。

“我才不会呢！我可是个乖学生，除了玩计算机外，也安排了足够的时间做作业和温习功课呢！”晓星表现出很乖的样子。

“乖学生？”小岚凑近去瞧晓星的脸，“噢，脸皮真厚！”

“看！上网很快，按几下就可以进入聊天室和别人对话了！”晓星没管小岚的揶揄，兴致勃勃地示范着如何给朋友发送实时信息。

计算机发出“叮”的一声，显示对方已经回了一条

信息。

小岚瞧了一眼，发现晓星和网友交谈的内容挺无聊的，内容大体离不开“你好吗”“我很好”“你在干吗”这类，或者拍些同样无聊的照片，比如说随手画的漫画、小狗旺旺的爪子、天上的一朵云，等等。

小岚哼了一声：“我觉得实时信息是给那些在家中闷得发慌、没有什么智慧的人玩的……”

一句话说得晓星噘起了嘴。

这时晓晴捧着一大盘点心从厨房出来了：“喂！吃早餐啦！”

小岚伸手拿了一块大的，就塞进嘴里大嚼特嚼起来。晓星似笑非笑地看着，等她把几块点心吃进肚子里，才说：“小岚姐姐，你好像还没刷牙呢！”

素有洁癖的小岚赶紧把点心从嘴里吐出来：“呸！呸！呸！”

看见晓星偷偷掩着嘴笑，小岚也“嘿嘿”笑着，她抬起右手，五个指头逐个收拢，就要给晓星一个“糖炒栗子”吃，晓星一见抱头鼠窜。晓晴“帮理不帮亲”，也和好朋友一起追着晓星跑，三个人上蹿下跳，弄到满头大汗才停了下来。

“噢！我的天！”晓星突然叫喊起来，“你们快来看看！快！”

看到晓星那副紧张的模样，小岚和晓晴马上凑到计算机前。

“我网上的一个朋友刚才发了一条信息给我，他说……他说……”晓星一脸紧张。

“他说什么啦？”小岚不耐烦地催促道。

“他说……他要自杀！”晓星说。

“什么？”小岚和晓晴同时惊叫起来。

“开玩笑的吧……”晓晴说。

“不，不是在开玩笑！”晓星摇摇头，说，“他叫小风，我们没见过面，估计年龄跟我差不多，通过和他的交谈，我觉得他是一个很悲观的人。他说自己刚来香港不久，不会说广东话，在学校里没有一个朋友，老师、同学都不理解他，父母又都只顾忙工作，不怎么关心他，所以觉得活着没意思……”

这时，计算机“叮”的一声，又收到了一条信息，晓星一看，正是小风发过来的。

“很感谢你这位网友，这段时间陪我聊天。”小风这样写道。

晓星迅速回了一句：“小风，请你不要开玩笑！”

“不是开玩笑，我是认真的，我觉得活着太没意思了！”小风回答道。

看到这句话之后，三人都替小风捏了一把汗，看来这个叫小风的男孩子是来真的了。

“请你不要这样，你应该立刻放弃这种荒唐透顶的想法！”晓星十指飞快地在键盘上敲着，“为什么要自杀？”

“我今天早上收到考试成绩单，一大半的科目都不合格，我父母肯定又会臭骂我一顿，我已经没有别的选择了！”小风回答说。

“不要这么傻！自杀是不能解决任何问题的！”

“…………”小风没有任何回答，只是发回来了一个加长版的省略号。

接下来的大半个小时，晓星他们用尽了所有想得出的话去劝小风，但都没有用。

“你不用说了，我已下定决心了！”小风回答道。

晓星愣愣地望着计算机屏幕，紧皱着眉头问小岚：“你看怎么办才好？看来，他真的是下定决心要自杀了……”

“嗯……”小岚想了想，说，“现在唯一可以救他的办法，就是找到他家里的电话号码，或者他家的地址，那样就可以报警，阻止他自杀！”

于是晓星又给小风发了一条信息：“能把你家的电话号码告诉我吗？我想和你谈谈。”

小风回答：“我不会把我的电话号码告诉你。不过，晓星，你是我所有认识的人当中对我最好的，我很感谢你。再见了，不，永别了，我的从来没有见过面的好朋友！”

“等一等！小风！”晓星大惊，不断地发信息过去，希望小风有所回应。

但不管晓星再发什么信息给他，小风都不再回复了。最后，小风切断了网络，使晓星不能再和他对话了。

“小岚姐姐，怎么办？我真担心小风他……”在试过很多方法都没有奏效之后，晓星无奈地看着计算机屏幕，焦急地说。

“你先冷静一下，”小岚答道，“他以前有没有把他的地址或电话之类的资料给过你？”

“没有呀，我一直是在网上和他互动的。”

“那怎么办？”晓晴惊恐地说，“如果小风是认真的话，那么他现在很可能已经……”

这时，晓星突然想到了什么，对小岚说：“对了，申请实时信息服务需要登记自己的资料！我们赶快查查。”

晓星通过小风的头像点开他的登记资料，念着上面显示的字：“嗯……男，十四岁，地址……香港？”

“嘿，香港那么大，谁知道他到底在香港哪一个地方呀？”晓晴大叫道。

“别喊嘛，你们看，他有留下他家的电话号码。”晓星说道，“糟糕，他只留了前面四个数字2855，后面是四个X！”

“香港的电话号码都是八个数字，后面的四个X是什么意思？”晓晴问。

“这还不明白吗？他不想让别人知道他真正的电话号码。”晓星道。

“唉，只知道他电话的头四个数字有什么用？”晓晴叹气道。

“不！有用！”小岚突然说，“在香港，住在相同区域的住户的电话号码，头四个数字通常都是一样的。例如在中西区，大多数电话号码的开头都会是2855。”

“那我们至少知道小风是住在中西区了！”晓星若有所思。

“对！”小岚赞许道，“晓晴，你们家有地图吗？”

“有！”晓晴从书柜里找出了一张香港地图，“不过，中西区那么大，我们怎么才能找到他的家呢？”

“嗯……晓星，你和小风的聊天记录有保留在计算机里面吗？”小岚问。

“有！除非刻意删除，计算机都会自动保存我们的聊天记录。”

晓星操作了一下计算机，他跟小风以往的对话便显示在屏幕上。

“嗯……‘我下线了，你下线了吗’……‘我住的街道老是在修路，吵死人了，昨天还挖断了地下水管……’你们老是在谈这些吗？这些对话，对找到小风住的地方没什么帮助呢！”晓晴说道。

“先别说泄气话好不好……”小岚说，“我们要留意一些细节才行……你们看！‘我住的街道老是在修路，吵死人了……’这不是给了我们一些信息吗？”

“我知道了！”晓星想起了什么，转身找来一份昨天的《香江晚报》，他翻了几页，然后指着一则新闻道，“找到了！”

大家凑近一看，只见新闻标题是“西环第二街修路频繁，居民纷纷投诉被工程噪音打扰”。

“小风曾说过，那段路修了好几个月还未完工。他很可能就是在说这一条路。”晓星兴奋地说。

晓晴摇摇头说：“香港那么大，应该不止那一处在修路吧，不能凭这点就断定这新闻就是指小风家附近那条路。”

晓星摸摸脑袋道：“那也是。”

小岚指着报纸说：“你们看，新闻还有后续报道呢！‘今天下午五时，该工程又出了新事故，一段水管被挖断，喷出几米高的水柱，附近住户停水两小时……’”

“砰！”晓星激动得一拍桌子，把小岚和晓晴吓了一大跳，“就是这里，小风就是住在这里！他昨天晚上跟我聊天时说，他家附近的水管被挖断了，放学回到家后没有自来水，想洗澡也没办法！”

“太好了，我们离真相又进了一步！”小岚十分兴奋地说。

“即使我们确定了小风是住在西环的第二街，可是整条街那么长，他究竟住在哪一幢楼哪一户呀？”晓晴皱着眉头说，“时间来不及了，拖得越久，小风越危险。”

“老师教育我们，小朋友遇到危险时怎么办？”小岚问。

晓星和晓晴大声说：“找警察叔叔帮忙。”

小岚拳头一握：“说得对，我们找胡督察帮忙！”

小岚马上拿起电话，拨了胡督察的电话号码。

胡督察一听，马上答应帮忙。

“谢谢，在西环第二街集合吧，再见。”小岚放下电话，站起来说，“走，救人去！”

小岚想了想又停住了脚步，她对晓星说：“你把所有的聊天记录打印出来，我在车上再看看，看能不能再找到一点蛛丝马迹。”

当小岚三人赶到西环第二街时，就见到了那位胡督察，他的身后还站了很多警员。

胡督察一见小岚，马上迎了上去，有点得意地说：“怎么样？人够多了吧？”

小岚向他道了谢，然后说：“人手当然越多越好……嗯，他们每一个人都知道小风的事了吗？”

“我已经告诉他们了，他们都说一定全力支持你这个大名鼎鼎的小侦探，只要你一声令下，他们就立即行动。”胡督察说，“这样行不行？从街道两头开始，逐家逐户敲门查看。”

“我看不行，因为这一大片的住户实在是太多了。要不这样，你安排他们分头到每幢大楼的管理处，找一找

有没有和以下资料吻合的人——男，十四岁，学生，台湾人，不久前来香港定居……人命关天，分秒必争，所有的大楼最好同时进行，如果找到与资料吻合的人，第一时间通知我。”

“好！”胡督察像从上司那里接到命令一般，转身而去。

“嗯？小岚姐姐，你怎么知道小风是从台湾过来的？”晓星奇怪地问道。

“你看这里。”小岚指着手上打印出来的资料，“小风说以前去上学要坐两站捷运。‘捷运’是台湾人对地铁的叫法，还有好几处都可以判断出，小风是在台湾长大，他在聊天时会不自觉地用到自己家乡的用语。”

“哇，小岚姐姐，你真了不起啊！我对你的崇拜简直有如滔滔江水，奔腾不绝啊！”晓星看着小岚，眼里似乎直冒小星星。

小岚敲了敲晓星的脑袋：“去去去，快去帮忙找小风！”

小岚三人跟随其中一小队警员进入一幢大楼中查找，

时间一晃就过去十几分钟，小岚立刻明白，用这种方法去找一个人实在太困难了！

因为，每一幢大楼都至少有一百户人家，而由于很多住户所登记的资料都不齐全，为了不漏掉任何一个线索，很多住户还得一家一家去敲门。而且在西环这样的旧区，不少大楼没有电梯，必须爬四五层甚至七八层楼梯，这又得花费许多时间，仅搜索一幢大楼就起码要花去半个小时，而整条第二街至少有数以百计的大楼！

"这样下去不是办法……"晓晴边爬着楼梯，边上气不接下气地说。

"有了！"晓星突然大叫道，"我有办法了！"

"什么办法？"小岚和晓晴急急地问道。

"我想起来了，小风告诉过我，他使用的上网方法不是普通的拨号连接，而是用宽带上网的！"

"宽带上网？"

"宽带上网就是利用光纤专线来上网，这样可以比其他人更快地上网！"晓星回答道。

"那又怎么样呢？这对找小风有什么帮助吗？"晓晴

问道。

晓星说：“有呀，因为用宽带上网需要用专线，而专线需要网络公司上门安装，因此网络公司一定会有记录。在这旧区中不是每家每户都会使用宽带上网，所以只要让网络公司查一查第二街有哪些用户安装了宽带专线，那么寻找的范围不就缩小了很多吗？”

小岚高兴地使劲拍了拍晓星的肩膀：“好家伙，有长进！这方法不错，我们快通知胡督察！”

胡督察正在指挥车上忙碌着，他在一张摊开的大地图上，按照下属搜索完毕发回来的报告，不断地画上记号。那是一张警方专用的区域地图，西环二街的每一幢大楼都详细地呈现在上面。

每一个报告都说没有任何发现，于是，摊在他面前的那张地图也不断地被画上一个个大大的“×”。

一脸颓丧的胡督察听了晓星的建议后，精神一振，他命令下属火速与网络公司联络。

十多分钟后，那位警员赶回来了。指挥车上所有的人都向他投去期待的目光，但他脸上显露出的却是有些失望的神色，这令大家的心都沉了下来——晓星的方法无效？

“查过所有的资料，没有一个用宽带上网的用户与你们提供的人相吻合！”

失败了！

小岚、晓星和晓晴都感到一股凉气从心底里冒出，时间耽搁越久，小风就越危险！

那位警员咽了口口水，又说：“不过……”

“不过什么？”小岚急忙问道。

“不过其中一个用户的资料，和你们所提供的小风的资料很接近。”警员说道，“但是……”

“但是什么？哎呀，真是急性子偏偏遇上慢郎中，快说！”小岚急得直跺脚。

“那个用户，是个……女孩子！”

“女孩子？”晓星愣了愣，“不对，小风是个男孩子。”

小岚摆摆手，说：“在网络上交朋友，很多人都不会填上自己的真实年龄和性别的。不排除小风是女孩子，但假装成男孩子去结识朋友。”

晓星有点迷糊了："这个……"

小岚一拍他脑袋："这个什么，快去救人！"

一行人按地址赶到一幢大楼的三十六楼A室，他们敲门，却没人应。胡督察急了，使劲把大门撞开了。

小岚的推断是正确的，在屋里，大家发现了小风留下的一封遗书！

屋里没有人，莫非小风跑出去找地方了断自己的生命，大家都急了。

"上天台看看！"胡督察处理这些事情比较有经验，马上命令道。

一行人又一窝蜂跑上天台，终于，发现了一个秀气但神色凄然的女孩子，她坐在围栏上，随时都有掉下去的危险。

大家松了一口气之余又马上绷紧了神经。

那女孩哭着用普通话警告说："别过来，你们要是走过来，我就跳下去！"

晓星见到坐在围栏上十分危险的小风，吓得脸色发白，他大声地用不太标准的普通话说："小风，我是晓星呀，你的网友晓星！"

“晓星？”小风马上扭过头来，半信半疑地说，“你真的是晓星？”

“真的，不骗你。我们前几天还聊过动画片《冰雪大作战》，你说你小时候很喜欢和小朋友一起打雪仗，你还堆过一个雪人，并给它起了个名字叫长鼻子爷爷……”

小风眼里露出一丝惊喜：“晓星，真是晓星……”

这时晓星刚想走过去，小风却哭着喊道：“不要过来！”

晓星只好停在原地。

小岚开口了：“小风，你以为这样可以解决问题吗？你知不知道你很自私！”

“什么？我自私？”小风被小岚这么一说，气得顾不上哭了，气鼓鼓地盯着小岚。

小岚认真地点点头，说：“没错，你就是自私。你死了一了百了，但不想想你的父母会多么伤心难过吗？”

小风用手擦擦眼泪，说：“但我实在受不了现在的日子了。我从台湾来香港不久，听不懂也不会讲广东话，上课也听不懂老师在讲什么，成绩越来越差，学校里没有一个人愿意跟我交朋友……”

小岚柔声说：“你不是已经有晓星这个好朋友了吗？如果你愿意，我，还有晓星的姐姐晓晴，都可以成为你的好朋友呀！”

“可我的父母老是不关心我，成绩不好就只知道教训我……”

“才不是呢，你父母最关心你了。”小岚认真地说，“告诉你吧，你爸是我爸的同事，他常夸你又乖巧又懂事呢。他们教训你是关心你的一种方式，你要是死了，他们会多伤心啊！”

小风狐疑地看着小岚：“真的？他真的这么说？”

小岚煞有介事地说：“骗你干什么！”

晓星这时候插嘴说：“小风，在学习上我们也可以帮你的，告诉你，我在班上从来都是第一名呢。”

小岚趁机拿晓星开玩笑，说：“小风你那么漂亮，如果跳下去死了，晓星也会跟着你跳下去的，是不是呀，晓星？”

晓星气鼓鼓地道：“人家要跳楼，你还开这样的玩笑！”

不过，小风倒被逗笑了，虽然眼眶里还带着泪花。

“好了好了，小风，别做傻事了，过来吧。”小岚向她伸出了双手，晓星和晓晴也向她伸出了手。

小风犹疑了一下，终于从围栏上下来了。她的手和小岚、晓星和晓晴的手紧紧握在了一起。

小风眼里露出渴望：“你们以后真的可以当我的朋友吗？”

“当然！”小岚、晓星和晓晴异口同声地说。

就这样，计算机自杀事件终于告一段落了。

事后，晓星和晓晴问小岚：“你爸爸真的和小风的爸爸是同事吗？”

小岚耸耸肩，满不在乎地说：“人有时候是需要说说小谎的，尤其在为了救人一命时。”

小岚又反问晓星：“我倒是要问问你，你什么时候‘在班上从来都是第一名呢’？”

晓星说：“这绝对不是假话，我在说我的体育成绩！”

3 劫机疑云

明亮宽敞的机场大厅里，人们来来往往。有的人不停地看手表，抱怨着航班延迟；有的悠闲地逛着免税商店，想买一些本地的纪念品带走；有的匆匆忙忙奔向闸口，希望自己的那班飞机还未飞走；有的则站在出口处，伸长脖子等待迎接久违的亲人或朋友。当然，还有的人是来送机的。

小岚和晓星就是最后的那一种人。

“再见！”晓晴边说边走入闸口，还不时回过头来向好友和弟弟挥手。

“姐姐！记着……”晓星扯着喉咙大声喊着，生怕晓晴听不见，“记着给我买礼物回来啊！要香港没有的，要贵的，不贵的不买！”

晓晴向他扮了个鬼脸，和她的同学们一起消失在入口处。

晓星还在大喊：“喂，记住……”

小岚在他的头顶敲了一下：“喂，够了，贪心鬼！”

晓星捂着头，一脸沮丧的模样。

晓晴参加了班级组织的自费旅行，目的地是北京，要三天后才回来。而小岚因为去过北京好几次了，所以没有和她一起去。

“哼，她自己跑到北京开心快活，留下亲弟弟我一个人孤苦伶仃的，真狠心！不给我买点贵一些的东西作为礼物，她的良心过得去吗？！本来我还想让她给我买两只北京烤鸭回来解解馋呢……”

晓星边说着，边伸出舌头舔嘴唇，弄得小岚忍不住伸手扯他的耳朵。

“哎哟，好痛呀！”晓星捂着耳朵说，“别忘了我是你的粉丝，怎么老欺负我呢，你得请我吃饭，一定要贵的、特别的，不然我就到处说你孤傲、小气、势利，专门欺负小孩子！”

“得了得了，馋嘴猫，还不是变着法子骗吃的！快找家‘特别’的餐厅吃饭去，怕了你啦。”小岚朝晓星眨眨眼睛。

小岚带着晓星在机场里七拐八拐的，来到一家餐厅的门口。小岚掏出一个像证件般的东西，朝站在餐厅门口的一个保安扬扬，然后走了进去。

“咦，这是什么餐厅？还要证件才能进？是国际刑警组织开的吗？”晓星一脸兴奋，压低声音问小岚。

小岚用手里的小卡片拍拍晓星的脑袋：“胡说八道！这是机场的员工餐厅，不对外开放的。”

“哇，小岚姐姐好厉害，连机场的员工餐厅也可以进。”晓星为了让小岚教他破案方法，不惜抓住一切机会拍小岚马屁。

“这用餐证是一个好朋友给我的，她妈妈是机场的后勤经理。你想去一个特别的地方吃饭嘛，这里够特别吧，

我自己还没来过呢！”

晓星挺兴奋的，等姐姐回来之后，就可以向她炫耀吹牛了，自己还来过机场的员工餐厅吃饭呢！

两个人买了自己喜欢的饭菜，并找了个位置坐下吃了起来。

正是午饭时间，很多人在用餐，放眼看去，全是穿着机长或机组人员制服的人。

小岚小声问晓星：“考你一个问题，你看见坐在我们右手边第二张桌子的那三个人了吗？”

晓星顺着小岚的目光望去，只见三个穿着相同制服的人正围着一张桌子吃饭。小岚继续说：“刚才我从他们的谈话中得知，三人是同一架飞机的机组人员，分别是机长、副机长和领航员。你能分辨出他们各自的职务吗？”

晓星打量了他们一会儿，然后得意地说：“一点不难，我可是聪明伶俐的晓星哦！面对着我们坐的那个是副机长！”

“你可真会投机取巧，分明是看到他挂着写有‘副机长’三个字的胸牌！”小岚用筷子敲了晓星脑袋一下，又说，“好，算你对！那么另外两个人呢？”

“嗯……”晓星伸长脖子张望了好一会儿，可惜只看见那两个人的侧面。他转转眼睛说，“我要去一下洗手间。”

小岚一把拉住他：“不许玩花样，谁不知道你是想跑过去看他们胸前的牌子！”

“不看他们的牌子，我又怎么知道他们谁是谁？”晓星说。

“你用推理的办法嘛。”小岚说。

晓星又观察了一会儿，为难地说：“太难了嘛，他们三个穿的制服一模一样，除了胸前的牌子，就再没有其他东西可供辨认了，给点提示好不好？”

“好吧，我就给你点提示好了。”小岚说，“你有看见他们各自在吃什么饭吗？”

“当然看见了！刚才我认出的那个副机长在吃海鲜饭，而另外两个人，一个在吃西红柿牛肉饭，另一个——也是在吃海鲜饭。”

“那么，你现在知道谁是机长，谁是领航员了吧？”

“这有关系吗？我不明白……”晓星挠挠脑袋，不解地说，“两个人吃海鲜饭，一个人吃西红柿牛肉饭，嗯……我还是猜不出。算了，小岚姐姐，你就告诉我答案吧！”

“好吧，你听着。”小岚说，“几十年前，外国曾发生一宗坠机事件，出事原因就是那个航班的机组人员在起飞前吃了同一款有问题的菜，全部人食物中毒，最终发生意外。从此，航空界便有了一条规定，同一架飞机的机组人员在起飞前进餐时，机长和副机长不可以吃同一款食物……”

“我明白了！”晓星说，“如果副机长吃的是海鲜饭，那么机长就不能吃海鲜饭了。也就是说，吃牛肉饭的人就是机长，而和副机长一样吃海鲜饭的就是领航员了！”

“不错！小孩不笨。”小岚一边说一边用手摸着晓星的脑袋。

晓星用脑袋蹭蹭小岚的手，一副得意样子。

二十分钟后，小岚和晓星吃完了午饭走出餐厅，准备离开机场返回市区。

两人边说笑着，边往候机大楼门口走去。

在候机大堂拐弯处，晓星忽然被一个匆匆走来的人撞了一个趔趄，他抬头一看，是一个穿着机场地勤人员制服的男人。

“啊！对……对不起。”虽然不是晓星的错，他还是礼貌地向那男人道了歉。

可是那男人并没有领情，狠狠地瞪了晓星一眼，匆匆向另一个方向走去。

“这人真是太没有礼貌了……”晓星咕哝着。

小岚朝那人望去，只见他快步走到候机大堂偏僻处的一扇小门前，他往四周张望了一下，用钥匙打开门，很快闪了进去，然后把门关上。小岚看见那扇门上挂着“闲人免进”四个大字。

不知为什么，小岚觉得这个人有点儿古怪，但又想不出怪在哪里。

“走吧，我们还是快点回家吧，我还要赶回去看动画片呢！”晓星拉着小岚继续往前走，但想不到……

“哎哟！”晓星又撞在了一个人身上，“怎么今天这么倒霉？”

他抬头一看，没想到这次看到的却是一张熟悉的面孔。

“是你？”小岚也看见了那个人，叫了起来。

“嗯？是你们。”胡督察惊奇地说，“晓星对不起，我走得太急了，撞到你了。”

“你为什么在这里？难道又发生什么案件了？”小岚问。

“没错，”胡督察向四周望了一望，小声地回答道，“发生了劫机事件。”

“什么？劫机？！”晓星听后大叫一声，惹得附近几个人望了过来。

“小声点！”小岚急忙堵住他的嘴，“真是的，你想让整个机场的人都听到吗？！”

胡督察看着小岚，说：“小岚，我们一起去机场管制室好吗？有些事可能需要你的协助！”

正中小岚下怀啊！这段日子也实在过得太平淡了，她马上点了点头。

C
D
E

三人急急赶到了机场管制室。

这里设备齐全，到处都是精密的仪器。小岚、晓星和胡督察站在一个偌大的飞行指示板前，听航管主任说明情况。

“飞机是在起飞后三十五分钟时与机场管制室突然失去联络的。”航管主任显得十分焦虑，“在失去联络十分钟后，联络突然恢复，我们与机组人员和劫机者有过大约六分钟左右的通话，之后又失去了联络，一直到现在还没有恢复。”

“通话的内容是什么？”小岚问。

航管主任在控制台上按了一个开关，说：“所有对话都已经录了音。”

扩音器中传出了一个声音：“这里是B312班机，我是机长，飞机被劫持，飞机被劫持……”

接着是机场航管人员的声音：“这里是香港机场航空管制室，请报告详细情况。”

“飞机被武装分子劫持！”那位机长仍然十分平静，说道，“他们有很多人，携带着枪械和炸药，已经完全控制了飞机，暂时没有伤亡人员……劫机者的首脑就在我身边，他有话要说……”

突然，一个粗暴的声音插了进来：“你们听着，我们已经劫持了飞机，任何人都不许报警，听到没有，不许采取任何反劫机行动！不然我们就炸毁飞机。”

“你是谁？”航管人员询问道。

“废话，我们是劫机者！就是你们所说的‘恐怖分子’！我们已经控制了整架飞机，我们全副武装而且手上还有TNT炸药。现在，叫你们的航管主任来，我有话要跟他说。”

“请等一等。”航管人员的话音中止了，扩音器中只传出“沙沙”的声音，显然是去找航管主任了。过了一会儿，又传出了对话声。

“我是航管主任，你有什么要求？”

劫机者冷笑了一声：“非常简单，我们需要钱。现在准备好纸和笔……好，听着，立即把五千万美元存入瑞士银行的账户，账号是840-4444677-61234567，如果飞机在飞越太平洋后还没收到钱，我就会采取行动。我会把飞机

撞向附近任何一个城市中最高的那幢大厦，与成千上万的市民同归于尽！”

“请镇静，不要乱来、不要乱来……”航管主任用颤抖的声音道。

“快去筹钱吧。记着，不许报警，不许采取任何反劫机行动，你身边有我们的同伙，你们一旦报警或者采取任何行动，我们就会知道，我会立即炸毁飞机！”劫机者说完，重重地放下话筒，录音到此结束。

“现在这班飞机在哪里？”胡督察问。

一位航管人员察看了一下雷达显示屏，说：“还有九十分钟就到达日本领空了。”

“这班飞机被劫持后，雷达显示屏上有没有发现什么不正常的情况，例如改变航线、改变飞行速度和高度等？”小岚问。

“没有，一直都以正常的航线、速度和高度飞行。”航管人员回答道。

小岚想了想，又问：“航空管制室与飞机之间的联系，除了无线电通信外，还有没有其他的办法？”

"没有了，那是唯一的方式。"航管主任答道。

"每一架飞机的无线电通信是否有不同的频道？"晓星插嘴问道，"能不能改用其他的频道？"

航管主任回答说："通常每一架飞机都有一个专用频道和一个备用频道。刚才我们已经反复用B312班机的专用频道和备用频道进行联络，但都联络不上。"

"刚才与劫机者的通话是不是用了专用频道？"

"是的。"航管主任答。

"刚才那劫机者提到了他的账号，能不能去查一查账户持有人的资料？"晓星问。

"不能！"小岚说，"瑞士法律规定，任何人都无权查银行账户持有人的资料，各国警方不行，国际刑警组织也不行。你们有采取什么行动吗？"

"没有，劫机者说机场里有他们的同伙，如果是真的话，很难担保他们不会炸毁飞机，我们不敢冒险。不过我已通知了高层，让他们准备钱，但暂时不存进银行，等劫机者再联络我们后，再决定下一步怎么做。"航管主任说。

“没有报警，那你为什么会在这里？”小岚扭头问胡督察。

“我今天到机场来送朋友，刚好遇见航管主任，他是我的老朋友，我私下来帮忙的。”

“奇怪，”小岚说，“劫机者说他们有同伙在机场，那么他们之间又如何联络呢？”

“或许，他们是用卫星电话吧……”胡督察猜测道。

小岚表示不明白，问道：“如果他们真的是全副武装，而且还有TNT炸药的话，又是如何通过登机前安全检查这一关的？”

“难道他们在安检的地方也有同伙？但是那么多个安检人员，没可能都是同伙呀！”胡督察思索着说，“看来，要等劫机者再联络我们时，再想办法哄他们露出破绽了。”

“主任！B312班机要求通话！”一名航管人员高声地喊道。

“接通扩音器！”航管主任回答。

一个沙哑而粗暴的声音从扩音器中传了出来：“听

着！我已经查过了，你们到现在还没有把钱存入我的银行账户中。如果不立即去做的话，我就先把领航员给杀了！"

"等等，等等！请你千万不要冲动！"航管主任连忙叫道，"正在筹钱，正在筹钱，你要知道五千万美金可不是一个小数目啊！"

"哼！我不管，我要这件事在一小时之内办妥！一小时之后五千万美元如果还未存入我的账户，每隔一分钟我就杀一个乘客！"那劫机者扯着喉咙叫道，就在这个时候，扩音器里突然传出清脆的玻璃破碎的声音。

"可恶！"只听见那边有几个人低声说着，不过又立即住了声，但这一切都被小岚听得一清二楚。

"什么事？你那边发生了什么事？"航管主任以为那是枪声，吓了一跳。

"噢！没事没事，只是玻璃杯掉到了地上而已，"劫机者解释说，"你们一定要尽快把钱存进银行，我等一会儿再联络你们！"说完便挂断了。

航管主任愣了一会儿，才战战兢兢地问小岚他们：

“你们听到没有？那真的是玻璃杯破碎的声音，而不是枪声吗？”

“肯定不是枪声，应该是玻璃杯掉落在地上摔碎的声音。”胡督察回答道。

航管主任这才放下心来：“那就好，现在我们要解决的是应不应该把那钱存进银行，时间越来越紧迫了。”

“不！”这时小岚突然说，“不能把钱存入银行！”

“嗯？为什么？”主任问。

胡督察也看着小岚，等待着她的解释。不过他心里明白，小岚这样说，一定是已经发现可疑的地方了。

“我已经掌握了一个模糊的情况，但我还需要一些证据去证实我的想法，如果你把钱存进银行的话，那劫机者就没有必要再和我们对话，也就不能证实我的想法了。”小岚慢慢地说。

“那么，”航管主任问道，“我们有办法可以帮到你吗？”

“有！　下一次劫机者来电话时，让我和他们谈。”小岚说，“我还需要一副对讲机。”

"我这就去办。"航管主任说。

胡督察问小岚："你是不是从那玻璃杯破碎声中听出了什么疑点？"

小岚点点头，回答说："不错！飞机上所有的地面，包括客舱和驾驶舱都会铺一层厚厚的地毯，一只玻璃杯掉落在驾驶舱的地面应该是不会破碎的，更不会发出那么清脆响亮的声音。"

当显示通信接通的红色指示灯再次亮起的时候，小岚已经将一切都准备就绪了。

扩音器里又传出了那沙哑的声音："喂，你们到底搞什么鬼，竟然还不把钱存进银行！你们是不是想眼睁睁看着飞机被我炸毁？还是你们想看着机上的乘客一个接一个被我杀死？你们还有没有人性？"

"对不起，劫机者先生！我们已经把钱准备好了，"小岚大声地说，"不过，在把钱存进银行之前，有几个问题我想确认一下……"

"嗯？你是谁？那个姓林的航管主任在哪里？"那声音不满地说。

“你不知道吗？我就是他的助手，姓马，航管副主任。”小岚回答。

“哼！骗谁！那么多年来我从来就没听说过这个机场有姓马的航管副主任……啊！”劫机者突然意识到什么，马上停了嘴。

“喂？你还在吗？”小岚问。

过了好一会儿，那劫机者才又出声，话语间很是焦躁：“在在在，啰嗦什么！识趣的就赶快把钱存入我给你们的银行账户。”

“钱已经准备好了，五千万美金一分不少。但是我必须先和机组人员谈几句。”小岚说。

“不行，谁知道你们打着什么主意，万一你们说什么对我们不利的话……”

“我一定要与他们谈谈，否则休想我们转钱给你！”小岚坚决地说，“你可以监听我们的谈话内容，我只是确认他们安全，以及要告诉他们一些关于降落的细节，不会对你们造成什么影响。”

劫机者沉默了好一阵，才答道：“好吧，你们可以通话，不过不要要什么花招！不然我就炸毁飞机！”

过了一会儿，那边传来另一个声音：“你好，我是机长。”

“陈机长吗，我是马副主任，你能听清楚吗？能听清楚的话请回答。”

“马……副主任，听清楚了，你说吧。”

“我马上就会按照劫机者的要求，将五千万美金存入他们指定的银行账户。当一切完成后，你们可以降落在东京机场。不过如果出现什么紧急情况的话，就降落在东京机场附近的12号高速公路吧！你知不知道12号高速公路？就是专供紧急迫降的那条公路！你是机长，应该知道的。”

“哦……知道，我明白了。”机长应道。

“陈机长，顺便问一下，”小岚转用一种轻松的口吻问道，“你们三个机组人员今天午饭吃了什么呀？”

“啊？”机长好像没想到小岚要问这个，随口答道，“今天的牛肉新鲜，我们三个都吃了牛肉饭。”

“噢！谢谢你。请你把话筒交给刚才那个人，我再交代他一些事情。”小岚回头向胡督察做了一个手势。

胡督察随即对着手中的对讲机，压低声音说：“可以开始了。”

在对讲机的另一边，晓星收到胡督察的指示后，立即跑到那扇门前。

哪一扇门？就是中午吃完饭后，撞了晓星的那个男人闪了进去的那扇门。

晓星大大咧咧地敲起门来。

“砰！砰！砰！”在航空管制室里，晓星大大咧咧的敲门声，竟然从小岚正与劫机者通话的扩音器里，清楚地传了出来。

敲门声果然如小岚所料般响起，她与胡督察相视一笑。

而晓星那一边，一个高大的男人恶狠狠地打开了门，看见是晓星敲的门，压低声音咆哮道：“你这个小兔崽子！敲什么敲？你看不见门上写着‘闲人免进’四个大字吗？”

晓星故意用不标准的中国话说：“对不起，我是从外国来的，不认识中文。我在找洗手间，我以为这门上的字是‘洗手间’呢！”

“洗手间，洗什么洗！明明是四个字呢！”那人说完生气地用力关上了门。

航空管制室里，晓星与那男人的对话，还有那重重的关门声，都一清二楚地从扩音器中传了出来。

小岚用手捂着话筒，回头轻声对胡督察下令道：“开始行动！”

小岚和“劫机者”的通话仍在继续……

那沙哑的声音咆哮着：“我不再和你绕圈子了！我命令你，立即把钱存进我的银行账户里，不然我就把飞机炸毁！”

“把飞机炸毁？”小岚改用一种轻蔑的口气调侃说，“如果你想把飞机炸毁的话，那就请便吧。你不是也在飞机上吗，飞机一爆炸，我这里给你准备的五千万美金不就省下了吗？哈哈！”

“什么？你这是什么态度？”那“劫机者”听到小岚这样说，气极了，“你以为我没有胆量这样做吗？”

小岚哈哈大笑起来：“我不是说你没有胆量，而是说

你没有这个能力。如果你现在真的是在飞机上，打死我也不敢如此放肆，用这样的话得罪你，你可是穷凶极恶、全副武装的恐怖分子呢，坐在飞机上的可还有一百多条人命呢……”

小岚这几句话把身处机场一角一个房间里所谓的“劫机者”气得暴跳如雷：“你这个……这个……你怎么知道我不是真的在飞机上，我……”

他正咆哮着，身后的大门“砰”的一声被撞开了，门外站着胡督察、小岚和晓星，还有几名配着枪的机场特警。小岚手持一个对讲机，里面正传出“劫机者”气急败坏的咆哮声。

男人回过头来，目瞪口呆，已经冲到嘴边的话全部被堵回了喉咙里。

阴暗的房间内，还有两个穿着机场地勤人员制服的男人，正坐在一大堆复杂的无线电通信装置前，从那堆装置里延伸出来的几个连着电话线的对讲机，就握在他们的手里。

小岚嘴角上扬，笑着对那三个人说：“‘劫机者’，

你们好啊！”

“动手！”胡督察一声令下，几个机场特警上前用手铐把那三个目瞪口呆之人铐住了。

“他们就是用这些仪器，假扮劫机者的。”小岚说，“他们运用先进的技术手段，截断了B312航班和航管室的通信，然后一方面以劫机者的身份与航管室通话，另一方面以航管室的名义与飞机保持联系，使班机机组人员对所谓的劫机事件一无所知，继续正常地飞行。事实上，B312班机现在仍然在太平洋上空安全地飞行着呢，机长到现在还不知道自己的飞机已经被‘劫持’过了！”

“你们为什么要这样做？”胡督察严厉地质问那三人。

这时，其中一个男人开口了：“我们三人都在机场从事了十几年的通信联络工作，想不到仅仅因为犯了一点小过错，上个月就收到了来自机场高层的解雇信。我们有很高超的无线电通信技术，懂得如何利用非正常手段截断正常通信，再用移花接木的办法制造假象。经过周密的安排，才实施了这一行动，没想到竟然被你们识破……”

“你们这是自作自受，能怪别人吗？”这时，门口方向传来一个声音。

“李经理？！”三人扭头一看，同时失声叫道。

“你们三个人资历是够老了，但却不懂得珍惜大家对你们的尊重，竟然在工作时间赌博，玩忽职守，差点造成飞行意外，机场方面迫不得已才解雇了你们。”机场通信部的李经理站在门前，大声教训道。

听了李经理的话，那三个人低下了头。

几天后，晓晴从北京回来了。一见面晓星就伸出手：“姐姐！我的礼物！香港没有的、贵的！快……”

没想到晓晴这次回答得很爽快：“给你！你的礼物！”

晓晴说着递给晓星一瓶水。

“这是什么？不死药？”晓星把那瓶有点混浊的水放在太阳底下审视着，并好奇地问。

“我在北京的时候下雪啦！雪是那么漂亮，在香港又

没人卖，算是很贵重的礼物了。所以，我就装了一大瓶回来送给你！”晓晴认真地说。

“什么？”晓星眼睛瞪得大大的。

看着晓星捧着一大瓶水一脸无奈的样子，小岚和晓晴不禁捧腹大笑。

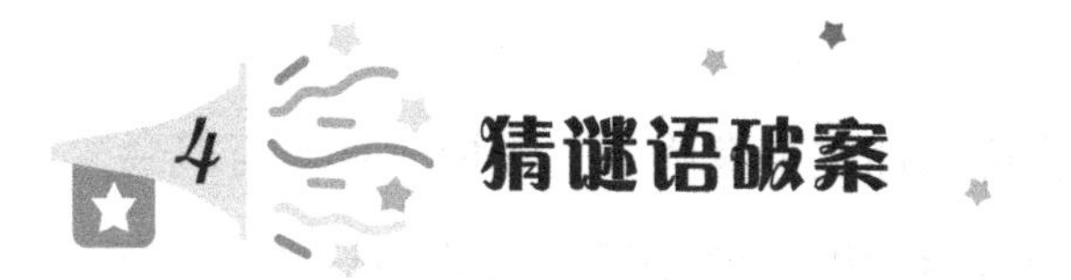

4 猜谜语破案

“小岚姐姐，真的很舍不得你呀！”晓星双手扯着小岚的背包，哭丧着脸道。

“喂喂喂！这里是机场大堂，别这样拉拉扯扯好不好！”小岚不耐烦地同晓星用背包玩起了“拔河”，“我又不是去很久，很快就会回来了！”

“两个月还不算久？你走了，谁陪我逛街？我们真的很舍不得你啊……”旁边的晓晴也一副哭腔附和着，同晓星一起紧拉着背包不放。

“飞机快起飞了，你们还这么闹……”小岚被这两姐

弟弄到哭笑不得。

是的，小岚今天要出国了，她要飞往法国读一个国际罪案研究课程。据说，最终取得合格证书的人，有资格获得国际认可的“私人侦探执照”，在查案时能得到各地警方的配合。

小岚早就盼望参加这个课程了，可惜一直未有机会。

最近，在胡督察的极力推荐下，小岚终于如愿以偿。

“哎呀，你们别这样好不好！”小岚无奈地看着那两姐弟，“这样吧，我每晚都和你们在网上聊天，每半个月就回来看你们一次，行了吧？别再闹了，飞机要起飞了！”

晓星和晓晴这才松了手，晓星说：“说话算数哦，别骗我们。”

“行了行了！”小岚背好背包，“我走了！”

“再见了，我会二十五小时想你的。”晓星噘着嘴，模样凄惨得让小岚浑身起鸡皮疙瘩。

“再见！”小岚挥挥手，向登机处走去。

通过闸口时，小岚回头看见晓星低头做擦眼泪状，而晓晴则向她挥着白色的手绢。

"唉，用得着这样吗，也太……"小岚不由得鼻子酸酸的。

当小岚的身影消失在闸口之后，晓晴和晓星的表情马上就变了，两人互相扮了个鬼脸，哈哈大笑起来……

小岚找到座位坐下，心中一阵惆怅，一直想着刚才与两位好朋友离别的情景。

突然，小岚前面的座位慢慢升起了用手绢做成的旗帜，把她吓了一跳。她正在发呆，又冒出了两个人头来！

"噔噔噔……噔！"

小岚大吃一惊，这两个嬉皮笑脸的家伙，不正是晓星和晓晴吗？！

"你们……你们……为什么会在这里？"小岚眼睛睁得圆圆的。

"很惊喜吧！很感动吧！"晓星挤眉弄眼的，"我和姐姐决定不离不弃，跟你一起去法国！"

"有没有搞错！跟我去法国？伯母不是帮你们报了暑假的什么班什么班吗？你们不去，她不'狗头铡侍候'才怪呢！"小岚撇撇嘴。

“放心吧！我们陪你在法国玩几天，然后就回香港了。”晓晴一边把绑在竹枝上的白手绢解下来，一边说。

“你们是偷逃出来的？”小岚怀疑地问。

“哪会呢，”晓晴回答说，“爸爸点了头，妈妈掏了钱。”

“唉，真拿你们没办法……”小岚道，“不过也好，我还正愁旅途会很闷呢，现在有你们来陪我就好了！”

飞机起飞了。

他们谁也没想到，他们开始了一次惊险的旅程。

飞机已飞了好几个小时，屏幕上显示飞机正在印度首都新德里附近的上空飞行。

坐不住的晓星老是离开座位跑来跑去，还不小心在过道上踩了一个胖大叔的脚，他回来后神秘兮兮地告诉小岚：“我怀疑有人要劫机！”

“乌鸦嘴！”晓晴压低嗓音喝道，“在飞机上千万别乱说‘劫机’两个字！”

晓星一本正经地说：“我没乱说，是真的，想劫机的就是那个胖大叔。我不小心踩了他一下，他就对我说‘再乱跑，我就劫飞机！’”

小岚斜着眼睛瞅了他一眼：“别胡扯了，我明明听见他说，‘再乱跑，我就夹扁你的鼻子！’”

“反正，他可疑！”晓星不服气地说。

他又想起了什么，告诉小岚另一件事：“有个空姐说，飞机上的微波炉不见了，真奇怪。”

这小子得妄想症了，一会儿说有人劫机，一会儿说微波炉不见了。

有谁会偷飞机上的微波炉呀？莫非有人自带午饭，想自己加热了吃？

小岚不想理晓星，闭上眼自己休息，她感觉到前边的晓晴站了起来，并问她：“小岚，去不去洗手间？”

小岚也没睁眼，只是摇摇头。心里嘀咕着，小女生怎么这么奇怪，上厕所总爱邀同伴一块去。

听到晓晴的脚步声渐远，可是很快又三步并作两步地跑回来，在小岚耳边慌慌张张地说：“妈呀，飞机上有炸弹！”

小岚睁开眼睛说：“今天是愚人节吗？你们两姐弟一

个接一个胡说八道！”

“这回是真的！洗手间的门上贴了一张纸……”晓晴小脸发白，“纸上面写着‘飞机上有炸弹’！”

“啊？”小岚见她不像说笑，“嗖”一下起身向洗手间走去。

洗手间门口已聚集了好些人，他们都直盯着洗手间的门。小岚看见，贴在门上的是一张普通的A4纸，上面有几个歪歪扭扭、十分难看的汉字：“飞机上有炸弹，随时会爆炸！”

“让开！让开！”一个穿西装的外国人挤进来，他出示了一个贴有相片的证件，用不大纯正的广东话说，“我是法国警察！请所有乘客都回到自己座位上去！”

乘客们离去后，法国警察问空姐：“通知机长没有？”

“我这就去。”

“请你告诉他，登机前同他一起喝咖啡的那个法国警察已经接手处理这件事了，请他放心。”

“是！”

法国警察回过头，发现小岚还在专心研究那张纸，便

飞机上
有炸弹，
随时会
爆炸！
POLICE
POLICE
MUNICIPALE

叫道："喂！你，快回到座位上去……"

小岚没理他，继续盯着纸上的字看，然后用流利的法语说道："你不觉得事情很奇怪吗？看这上面的字，像是刚刚才写的……"

聪明的她知道，如果想参与这宗案件的侦查，就得拉近与这位法国警察的距离。

小岚流利的法语果然让那法国警察感到亲切，他没有再赶她走。

小岚按照自己的思路继续提出疑问："如果那人的目的是炸毁这飞机，那为什么把炸弹的事宣告出来？如果他的目的是要赎金，又为什么不在纸上一并写出来？"

"或许只是一个恶作剧？"法国警察回答道。

"不太像，因为这样做是很严重的违法行为，稍微有点脑子的人都不会这样做……"

"很好的推理！"法国警察赞许地说，"我可以知道你是谁吗？"

"我叫马小岚……"小岚道。

"哦，你就是大名鼎鼎的小侦探小岚小姐，我常听胡督察提起你，久仰久仰！”法国警察向小岚伸出手来，改用不怎么纯正的广东话说道，“我是保罗，长期在香港工作。嗯，很高兴认识你！”

“保罗先生，你乘这班飞机回法国是公干还是休假呢？”小岚改用广东话跟他交谈。

“我要回法国述职。你看，”保罗撩开西装露出腰间的佩枪让小岚看，“我还带着枪呢，是经过航空公司特别批准的。所以，这宗炸弹案也就理所当然由我负责了……你认为那人放置炸弹的目的是什么呢？”

“我认为，他的目的是到印度新德里去。”

“新德里？”

“对，依我看，飞机上其实并非真的有炸弹，那个人可能因为一些原因要逃到新德里去，所以当飞机飞到印度上空时，才把这张纸贴出来。而当机长知道机上有炸弹时，必然会寻求最近的机场紧急降落，那样飞机就一定会在印度降落，降落后趁着疏散人群时的混乱，那人就可以从容地逃走了。”

“嗯！分析得有道理……”保罗说，“不过，你说飞

机上并非真的有炸弹，我不敢苟同。”

“也许吧，我们现在去找机长，让他通知印度方面，多派些人守住现场，在飞机安全降落后，把所有乘客都带回去调查，不要让任何一个人擅自离开。”

“这主意不错！”

两人一起往驾驶室走去。

就在他们快要到达驾驶室时，突然传来一声闷响，接着飞机便摇晃了起来。

两人立即冲进驾驶室，只见机长正努力用操纵杆控制着飞机，副机长则在察看控制台上那些复杂的仪表。

“发生什么事？！”保罗问。

“下货仓发生爆炸！我现在把备用仓门关上！”机长说道。

“副机长，立即向印度新德里机场要求紧急降落。”他命令道。

保罗向机长讲述了洗手间门上所贴纸条的情况后，小岚也提出了请他通知机场做好控制现场的建议。

机长知道小岚就是侦破那宗“地面劫机案”的小女孩

后，十分尊重她的意见。

“炸弹把下货仓一个小仓门炸坏了，但未造成大损失。”机械师检查完下货仓后，回来报告说。

“你看，真的有炸弹呢！”保罗对小岚说，“小岚小姐，你还是回座位上去吧，飞机很快就降落了。谢谢你的帮助！”

小岚回到座位坐下，用最简单的几句话回答了晓星和晓晴连珠炮般的发问，便陷入了思索之中，到底谁是那个隐藏的劫机者呢？

而晓星则不断地在她耳边唠叨：“我看就是那个胖大叔放的炸弹，绝对没错……”

“小岚小姐！”才过了两三分钟，保罗就匆匆忙忙地赶了过来。

“发生什么事？”小岚问道。

“一名空姐在休息室发现了另一张纸条……”保罗压低声音道，“上面透露，飞机上还有另一个威力更大的炸弹！”

“什么？飞机上还有另一个威力更大的炸弹？！”晓

睛吓得惊叫起来。

她的声音大得几乎全机舱的人都听到了，乘客们全都鼓噪起来。

“这下可好了……”小岚哭笑不得，“现在所有的乘客都知道了！”

“乘客自有空乘人员安抚。走吧！快跟我去看看，飞机无法降落了……”保罗道。

“飞机无法降落，为什么？”小岚有点儿摸不着头脑，但当她看到那张纸条上的字时，便立即明白了。

只见那张纸上写着：“另一个威力更大的炸弹安放在飞机上的某个地方，这个炸弹装有高度感应仪器，若飞行高度低于10000米，炸弹就会爆炸。猜一个谜语轻松一下吧，一个跑得慢，两个跑得快，四个四边站，快马追不上，猜一物。”

“这下可糟了，飞行高度不能低于10000米，那怎么降落！”小岚惊叫道。

“除非有一个位于10000米以上的机场……”保罗故作幽默地说，但在场的人谁也笑不出来。

“为什么要让我们猜谜语？真的是让我们轻松一下？”他自言自语道。

“或许，我们可以从谜底里找到炸弹安放地点的线索……”小岚眼睛骨碌碌地转着。

这时，一名空姐走进休息室对他们说：“机长让我来告诉两位，他会暂时让飞机在10000米以上的高空盘旋，不过你们一定要在飞机燃油耗尽之前把炸弹找出来，否则后果不堪设想。”

“请机长与印度新德里机场保持联络，我们会尽快找出那个炸弹来的。”保罗向空姐吩咐道。

“需要向法国警方通报一下吗？”小岚问。

“不……不必麻烦他们了，”保罗解释道，“远水救不了近火，对不对？来，我们试试破解这个令人头痛的谜语。”

“嗯……”小岚用手挠着头，“什么东西是一个跑得慢，两个跑得快，四个四边站，马儿追不上呢？”

“小岚姐姐！”晓星突然在一旁说，“这个谜语很简单嘛，我猜谜语最在行了。”

直到这时，小岚才发现晓星一直都跟在她的身边。

小岚突然想起来了，晓星是猜谜语的高手，于是眼睛一亮："你知道谜底？"

"对呀！"晓星笑着答，"简单得很嘛……不就是轮子吗？"

"对对对，就是轮子！"保罗叫道。

"晓星，这次破了案记你一功！不过，快回到座位上去，不准再乱跑了！"小岚说着跑出了休息室，"炸弹就放在飞机轮子的位置！"

保罗对空姐说道："为了安全起见，吩咐所有乘客不要到处乱跑！"接着也跑出了休息室。

时间已经不多了，而飞机还一直在新德里机场的上空盘旋。

小岚和保罗分头去机头和机身的起落架处找炸弹。

就在小岚在机头起落架遍寻无收获时，保罗给小岚临时使用的对讲机突然响了。

"我这里有发现，快来机身的起落架处！"

当小岚赶到机身起落架时，只见保罗正蹲着，仔细察看着其中一个大飞机轮子。

“找到炸弹了吗？”小岚急忙问道。

“没有……”保罗指着贴在轮子上的一张纸条，“我发现了第二个谜语。”

小岚一听就撇了撇嘴：“怎么又是谜语！”

小岚仔细看着那纸条，只见上面写着：“炸弹不在这个地方，而在某个人的屁股底下。现在需要猜一个数字：一个数的所有数字加起来的和，等于这个数的任何次方，而这个数的平方根则等于这个数加上1再除以2。”

“让我们猜数字？”保罗奇怪地问道。

小岚想了想，回答道：“我估计，是要我们猜一个乘客的座位的号码，而炸弹可能就藏在那个座位底下。”

保罗掏出笔和纸演算起来，不一会儿又放下了笔，说：“不行，这太难了，我读书时数学常常不及格。”

小岚想了想，说：“不必算了，既然已经肯定炸弹是放在乘客座位底下，何不通过广播，让每个乘客帮忙查看自己座位下有没有可疑物品，这样不比我们在这里猜数字更快吗？”

“绝对不行！这样会造成更大的恐慌的！”保罗急忙反对，接着大叫起来，“算出来了！答案就是数字1。你想想，1的平方根不就是等于它加上1再除以2吗，而1本身也等于自己的任何次方。”

“哦……”小岚接过保罗手上的演算纸，一边看一边说，“你还蛮厉害嘛，刚才还想不出来，一转眼又算出来了。那我们一起去001号座位查看一下！”

“好！不过，我得先去一下洗手间，你在这里等我。”说完，他急急地向洗手间跑去。

望着保罗的背影，小岚若有所思。她走到大轮子那里，仔细地观察着那纸条。

“果然是这样……”小岚喃喃自语。她急忙向驾驶室跑去。

“小岚小姐，情况怎么样了，得赶快把那炸弹找出来，飞机快没有燃油了，再过二十分钟，无论如何都要降落了，否则非坠机不可！”机长一见小岚，就着急地嚷起来。

小岚胸有成竹地说：“机长你放心，虽然炸弹还没有找到，但放置炸弹的人很快就会绳之以法了。有些事需要你帮忙……”

“这……”机长听完小岚的要求后犹豫了一下，又郑重地问道，“你肯定这样做没有问题吗？”

“绝对没问题，我可以保证。”小岚接着说，“另外，我可以打一个电话到香港吗？我需要香港警方协助了解一些事情。”

“当然可以。”机长点头。

小岚通过飞机上专用的无线电话与香港的胡督察联络上了。

“喂，我是小岚，正在印度新德里上空10000米的地方与你通话……”小岚说。

这边小岚刚和香港方面通话完毕，就听到保罗通过对讲机告诉她，在001号座位的底部又找到了一张纸条。

“纸条上又是一个谜语吗？”小岚通过对讲机问道。

“不，这次没有谜语了。”保罗回答说，“纸条上写的是……”

“不必念了，我们已经抓到放置炸弹的人了！你赶快来休息室，让我们一起审问他吧。”

“已经捉到放置炸弹的人了？就是晓星说的那个胖大叔吗？！”对讲机那边的保罗似乎有点错愕，停了停才又高兴地说，“我马上来。”

当他迈进休息室时，发现里面除了小岚、机长之外，还有几个男人。

“谁是放置炸弹的人？”他的目光在那几个人中搜索着。

小岚笑了笑说：“远在天边近在眼前，那就是……你！”

没等保罗反应过来，那几个男人就一拥而上，把他按住了。

“等一等！你们搞错了吧！为什么抓我？”他大声地叫道。

“没有弄错，你就是放置炸弹的人，不……应该说，你就是制造‘炸弹恐慌’的人！因为根本就没有什么炸弹！”小岚说。

“你们肯定弄错了！我是法国警察，有什么理由干这种事？”他拼命挣扎着。

“好，先说你的犯案动机吧。”小岚气定神闲地说道，“我刚才已经通过香港警方向法国方面查过了，保罗先生，你受法国警方派遣长期在香港执行任务，但身为警务人员，却知法犯法，收受疑犯的巨额贿赂。就在今天早上，法国警方发出了通缉令，准备当你一踏上法国领土，就将你拘捕归案。你是在登上这班飞机后才察觉事情败露的，而你已失去了在香港潜逃的机会，因此，你就临时策划了这次炸弹事件，打算趁机逃到印度去。”

“还以为你只会破案，原来你还很会编故事呢！”保罗冷笑道，“你说没有炸弹，那你又如何解释刚才飞机上的爆炸呢？”

小岚笑笑，上前从他的腰间掏出了佩枪，并熟练地取出枪夹里的子弹，又用力地把一颗一颗的子弹头拔出来，大家惊奇地发现除了枪膛里的一颗子弹以外，其他所有的子弹只剩下空壳，里面一点火药也没有！

“你担心如果机长不相信飞机上有炸弹，就会直飞法国，那你的计划就不会成功了。所以你偷走了飞机上的微

波炉，并悄悄去了下货仓，接着你把子弹里的火药取出来放进微波炉，接上电源后便成了一个定时爆炸装置。你的如意算盘是，这种轻微爆炸只会造成很小的损害，绝不会使飞机坠毁，而这样就可以迫使机长马上选择在最近的印度新德里机场降落。紧急降落后，你就可以趁乱逃走了……”

小岚接着说：“由于我的推断刚巧打乱了你的计划，使你不得不改变策略，利用警察身份不断以隐形劫机者的名义贴出纸条，企图把我们一步一步引进你设计的圈套。我说得对不对，保罗先生？”

保罗昂着头，傲慢地说：“小女孩，这些都只是你的推理，你是拿不出证据来的！”

小岚扬了扬手里的纸，说：“这是你用来推算数字的纸条，上面的笔迹不知道算不算证据呢？老实说，一开始我是很信任你的，直到看了贴在起落架大轮子上的纸条，才开始对你萌生怀疑，因为当时那纸上的字还未完全干透，分明是刚刚才写上去的。可不久前你才让空姐控制住

所有乘客，不让任何人随便走动，有谁可以在这时候写下字条并贴在轮子上呢？”

保罗看着那张满是他字迹的演算纸，呆若木鸡。

“另外还有很多令人怀疑的地方。我问你要不要知会法国警方，你以‘远水救不了近火’为由搪塞；在下货仓爆炸现场，附在被炸成碎片的微波炉上的黑色粉末，显然是手枪子弹里的火药而不是黄色炸药；你说自己数学底子差没办法算出那道数字谜题，却又在我提议发动全体乘客找炸弹之后突然来个180度大反转；晓星告诉我，纸条上的几个谜语在法国都相当流行，尤其是那个数字谜题，就是法国中学数学的课外练习题。这些全都是疑点。”

小岚继续说道：“很明显，当你希望在新德里机场紧急降落，并趁乱逃走的计划被我打乱之后，不得不临时改变主意，在休息室留下第二张纸条，以飞机上还藏有装着感应器、飞行高度低于10000米便会爆炸的大威力炸弹为由，企图拖延时间，消耗飞机燃油。这张你还来不及出示的所谓在001号座椅下找到的新纸条，才是你最终的要求。”

机长接过小岚递过去的纸条，只见上面写着：“炸弹的高度感应器已拆除，立即在靠近森林的第23号公路上紧急降落，否则将引爆炸弹！”

机长盯着保罗说：“好聪明的一招，在靠近森林的第23号公路上降落，自然可以避开机场人员的控制，很快就可以消失在茫茫林海里。”

保罗叹口气说：“想不到我精心策划的完美计划，竟被一位小女孩粉碎！好，我认输了！”

飞机安全降落在新德里机场。

“我还以为自己会‘英年早逝’呢！谢天谢地！”晓星跳下飞机，搞笑地跪在地上做拜谢状。如果不是晓晴阻止，他还想去亲吻土地呢。

“既然已经来到了印度，何不好好玩几天？！”晓晴说。

“说得对！我还从来没来过印度呢。”晓星一听就举手赞成。

“也好，横竖离开学还有好几天，就在印度好好玩玩吧。”小岚说。

遗憾的是，他们只在印度领土待了不到半个小时，就重新登机继续那沉闷的行程了。幸好他们很快找到了一件事做——帮助机长看守被铐住双手的保罗先生。说是看守，其实是听他讲故事，保罗先生亲身经历的多个破案实例还挺精彩呢！

5 是谁要害珊如

今天上午第四节没课，所以小岚利用这时间跑到邮局，把父母要的几本参考书邮寄到西安去。听说那里又发现了一个什么古墓，爸爸妈妈又有段时间要待在那里了。

寄东西的人很多，办完事后已经快十二点了。小岚想起约了晓晴和晓星一起在学校的食堂吃饭，便一路小跑回学校。

一辆警车在小岚身边“嘎”一声停了下来，把小岚吓了一跳。回头一看，见到胡督察从车里探出头来。

“小岚，你要去哪里，要不要我送你一程？”胡督

察说。

“嗯……我确实是赶时间，好吧！麻烦你了……不过，我要去泰奇中学呢，不知你顺不顺路？”

“咦？”胡督察睁大眼睛，“这么巧……我刚好也要去泰奇中学办案。”

“什么？”小岚不由大吃一惊，“我们学校里发生了凶杀案吗？”

“噢！不是，”胡督察连忙解释，“只是发生了很普通的失窃案而已。哦，原来你是泰奇中学的学生。”

“对。”小岚说，“那好，我就坐你的顺风车了，走吧！”

不到半小时，小岚和胡督察所坐的警车就出现在泰奇中学的大门口了。

小岚从老远就看见了晓晴和晓星。

“小岚姐姐！”晓星边挥手边向警车跑去。

晓晴也跟着跑到警车前，笑着对小岚说：“咦？什么时候警车变成你的‘私家车’了？”

“哈，不要乱说！不过是胡督察刚好要来我们学校查案，所以随便载我一程而已。”

“查案？查什么案？”晓星好奇地问胡督察。

胡督察说：“是一宗失窃案。”

“失窃案？嗯，是不是学校金库被偷了？没问题！让我来帮你，很快就会破案了……哎呀……哎呀……小岚姐姐！为什么又扯我的耳朵呀？！”

小岚放了手，不屑地说：“不要以为曾经帮我破了一些案件，就以为自己是超级神探了。”

晓星摸了摸耳朵，不服气地噘着嘴。

“好了，我们去吃饭了，你去办案吧，再见！”小岚对胡督察说。

小岚回过头去才发现除了晓晴和晓星之外，还有一个人在等她。

“珊如，你怎么会在这里？”小岚高兴地叫道。

等小岚的是小岚的朋友兼同班同学陈珊如。

“小岚，你回来了？”陈珊如细声细气地说，“怎么不联络我……”

“对不起呀！竟然忘了找你了……我也是几天前才从

法国回来的，还没来得及找你。现在好了，我们可以一起吃午饭……”小岚说。

“嗯，你知道课程表了吗？我替你印了一份，一会儿交给你吧……”

“谢谢你！对了对了，我还在法国给你买了礼物呢，你看！”

“小岚姐姐……”

小岚回头，只见晓晴和晓星有点不高兴地瞪着她们。

这两个小气鬼，见到小岚对陈珊如好，好像打翻醋瓶子了。

“可以一边走一边讲吗？”晓星噘起嘴巴，“我们肚子很饿呀……”

“噢……对不起，忘记你们了……”小岚笑道。

一行人边说话，边向学校的饭堂走去。

这饭堂足有一个篮球场那么大，可以容纳几百个学生用餐。

泰奇中学是一所寄宿中学，因此学校专门建了饭堂，方便学生用餐。

而小岚她们的同学陈珊如也是寄宿生之一。那是因为她的家离学校很远，为了方便上学，所以申请了寄宿。

今天这顿饭是小岚请客，这都是因为小岚去法国前的一句话：“如果我顺利毕业的话，回来后就请你们吃满汉全席……”

本来小岚也只是说说而已，没想到竟被晓晴和晓星“铭记于心”。

经过一轮“谈判”，他们到底不敌小岚的伶牙俐齿，满汉全席嘛，以后有的是机会，这次就到学校饭堂算了。

在饭堂找到位置后，始终觉得吃了亏的晓星拼命翻菜单：“我要吃饭堂里面最贵的东西！”

“翻什么呀，都快打烊了，饭堂里最贵的就是拉面而已……”晓晴说。

“那好！我要十碗拉面！”晓星从小岚钱包里抽了一张百元钞票，便向收银台跑去。

“看撑死你！”小岚狠狠地瞪了晓星一眼，又转头对珊如说，“珊如，你想吃点什么，这一顿是我请客呢！”

“不用，我自己去收银台买就行了……”陈珊如说着

也向收银台走去。

看着陈珊如走远后，晓晴悄悄地对小岚说：“奇怪了，不知为什么，我觉得珊如今天好像不太开心。”

“其实我也有这样的感觉。”小岚答道，“嗯……等会儿找个机会问问她。”

“嗯……”晓晴边回答边看着菜单。

“喂，还未决定吃些什么吗？”小岚问道。

晓晴放下菜单：“嗯……好吧，我也要十碗拉面！”

小岚差点没被这两姐弟气昏过去。

不过，可能是突然良心发现，两人回来时，各自只捧了一碗拉面。

“咦？珊如呢？她到哪里去了，怎么还没回来……”小岚自己吃了一半，才突然想起了珊如。

“不知道呢。”晓晴说。

“呀！她回来了……”晓星叫道。

小岚回头，只见陈珊如有点儿狼狈地捧着食物回来了。

“发生什么事了？怎么这么久才回来？”小岚问道。

“对不起，刚才我回来时被人撞了一下，差点把东西掉到地上了。”

“咦？你只吃这点就够了吗？”看见珊如只点了一碗瘦肉粥，小岚不由皱起了眉头。

“哦，我够了。我今早早餐吃得很多……”珊如回答。

小岚也没有再问，继续吃饭了。

没多久，晓星便已吃完他的第一碗拉面。

“唉，我还未饱……小岚姐姐拿钱来，我要再买一碗……”晓星说。

小岚马上把钱包收起来：“不行，不行……”

“一碗，就一碗！”晓星说着便要抢小岚的钱包。

“珊如，你怎么啦？”这时突然听见晓晴大叫起来。

小岚和晓星都停了手，向珊如看去，只见她一手捂着嘴，想吐又吐不出的样子，另一只手按着肚子，一脸的痛苦。

“珊如，你没事吧？”小岚很吃惊。

“想吐，还有……肚子……不舒服……”珊如勉强露出笑容。

“食物中毒！珊如，我送你去医院！”小岚立即伸手

去扶她。

“不用了……我……”珊如还未说完，就两眼一闭昏倒在地上。

“快叫救护车！快！快！……”小岚大叫起来。

救护车五分钟后就来到校门口把陈珊如接走了。这时，胡督察和几名下属也收到消息赶来了。

晓晴和晓星陪同陈珊如一起去了医院，而小岚则留在现场。她有一种预感，总觉得这并不是一般的食物中毒那么简单。她简单地向胡督察描述了珊如的情况。

“你确定有化学药物？”胡督察问。

“确定！我闻过，发现有化学药物的味道……”小岚指指桌面上珊如未吃完的那碗粥。

“那么说，这是一宗下毒案了……”胡督察自言自语说，“下毒的会不会就是那个‘撞’了陈珊如一下的人呢？”

“有可能。”小岚回答道，“案发时饭堂里人不是很多，你可以先和在场的人谈谈，看看能不能找到有用的线索。再具体些的情况，就要等陈珊如醒过来再去了解了。”

“放心吧！我一定会尽力查清楚这件事……”胡督

察道。

正说着，小岚的电话响了起来，是晓晴打来的电话。

“晓晴！珊如的情况怎么样了？”小岚急忙问道。

“幸好送医院及时……不过……暂时还未度过危险期。医生说，她吃下的东西毒性太强……”晓晴的声音有点哽咽。

“嗯，知道了。请你随时把珊如的情况告诉我，再见。”小岚挂断电话后，心情很沉重。刚才还和珊如欢天喜地地交谈，想不到现在她却徘徊在生死之间。

小岚心里暗暗发誓，一定要找出下毒的坏蛋！

胡督察突然想起了什么，对小岚说：“对了，忘了告诉你一件事。刚才我在你们学校调查的失窃案，可能和这一宗案件有关……因为，失窃的是一瓶有毒的化学药物！”

“什么？快告诉我详情。”小岚急忙说道。

“你们学校的化学实验室本来储存了一批化学药物，是准备给学生们进行化学实验用的。但是今早核对时，却发现少了一瓶，由于这种化学药物毒性较强，所以学校方面便向警方求助了。”

“那些化学药物有被锁在柜子里吗？”小岚问。

“有！锁在一个玻璃柜内，但是今早却发现玻璃被打破了，其中一瓶化学药物不翼而飞。”

“那么有关这个失窃案的调查，有没有结果？”

“还没有，正在调查当中。”胡督察想了想，又问，“你了解陈珊如的家庭吗？”

“不了解。她转学来这里不到一个星期，我就去法国学习了。”

“刚才我们通过校方了解了一下，原来陈珊如自小就父母双亡，是舅舅一手带大她的。”

“哦，真惨！”小岚心里难过极了，她这才明白，为什么陈珊如总是一副郁郁寡欢的样子。

她又问：“珊如的舅舅对她好吗？”

“应该不太好。前几天，有人看见他在饭堂门口打了陈珊如一巴掌。对了，陈珊如舅舅是这饭堂的员工。”胡督察说。

“哦，这么巧？那找他问话了吗？”小岚问。

“他知道陈珊如入院后，就立即到医院去看望她了，我已经派了人去找他回警局询问……”

小岚说：“好，我们现在就去警局等他。”

小岚和胡督察一起上了停在门口的警车，一阵风似的往警局驶去。

警局里，一位警员正向陈珊如的舅舅陈方询问：“陈方先生，请问你和外甥女陈珊如的关系怎样？”

听完警员的问题后，陈方发了一会儿呆，然后用有点愤怒的语气反问：“你这样讲是什么意思？你是不是想说是我下毒杀害我的外甥女阿如？你们警方简直……”

那位具有丰富审问经验的警员，立即转用较为温和的语气，笑着对他说：“你别误会，我们只是想了解一下你外甥女的情况而已……”

警员的话令陈方放下心来，他想了想后回答说：“我们关系向来不错呀，只是偶尔她不乖的时候，我会骂她几句……”

“你所指的骂她几句，包不包括掌掴她和把她锁在房间里？”警员打断他的话，出其不意地问。

“我……我……”陈方立即不知所措起来，“是有几次这样的情况，但是……这也不代表我会杀她或是伤害她呀……”

“那么你的意思是你曾有加害于她的想法喽……”警员故意问。

“不……不是这样……唉，你们为什么会这样想呢？”陈方把头转向别处，似乎想逃避警员的质问，“虽然她有时会令我不高兴，但我也很疼她的……”

“但是……”警员一边说着，一边从档案夹中取出一份文件放在陈方面前，“这个你又如何解释呢？”

“这是什么？”陈方拿起文件看了半天，显然看不懂上面的英文。

“你不会这么快就忘了吧！这是你上个月底替陈珊如买的一份人寿保险，受益人是你。文件上面白纸黑字写着，如果陈珊如有什么不测，你就会得到一百万元的保险金！”

“什么？我哪有签署过这样的文件？”陈方像吓了一大跳似的，大叫起来，“我连上面的‘鸡肠字’是什么意思都不知道呢！”

“不用狡辩了，这上面还有你的亲笔签名呢。”警员顿了顿，说道，“据我们了解，你因为欠下了财务公司大笔债务，最近不断有财务公司上门向你讨债，要你马上还钱，否则就会采取更激烈的行动，有没有这样的事？”

“这……这……”陈方支支吾吾的。

“你不要否认了！”警员特别加重了语气，“显然，你替陈珊如买了保险，然后利用工作之便，在她的午饭里面下毒以取得保险金，对不对？”

“没有这样的事！你们诬告我！我要请律师！”陈方立即叫道，并拍桌子表示抗议。

审问到此告一段落。

小岚和胡督察一同走出房间。

“你认为他是不是凶手？”胡督察问道。

小岚低头想着，没有回答他的问题。

“不是说还有一个疑犯吗？”小岚突然问道。

“嗯……对！”胡督察拿起手上的文件查了查，“她叫姚虹……”

“姚虹？”小岚大吃一惊，姚虹也是小岚的同班同学。

“根据其他学生的表述，姚虹和陈珊如关系恶劣，她甚至有一次还声言要教训陈珊如……”胡督察说。

确有其事，小岚从法国回来后，就听晓晴提起过，不过想不到两人的关系竟恶化到如此程度。

虽然姚虹有嫌疑，但小岚却不相信她会害陈珊如性命。

在另一个房间，一位警员正向姚虹问话：“姚虹同学，请问你和同学陈珊如的关系好吗？”

“不好。”

“哦？你不喜欢她？为什么？”警员接着问。

“不喜欢就是不喜欢，有什么原因可言？”姚虹高傲地回答。

“是吗？是不是因为学习成绩，她总是排在第一名，而你总是屈居第二？”

姚虹的话变得酸溜溜的：“哼，有什么了不起的，依我看一定是作弊得来的。”

警员摇摇头，又问：“还有其他的原因吗？”

“除了这些，我也不喜欢她这个人，她好像总是要和

我作对似的，老是说我这样做不对，那样做也不对，分明是针对我嘛！还有，她老是很忧郁、很可怜的样子！”

警员记下姚虹的话，又问：“听说，你曾经当众说要教训陈珊如，请问有这样的事吗？”

“有没有搞错，你们竟然就凭这句话就认为我是凶手，未免太可笑了吧……”

“姚虹同学，你只需要回答有或者没有就可以了。”警员提醒道。

姚虹说：“有，有这件事，但那只是气话而已，我只是想吓唬吓唬她而已……”

“但是，你确实有下毒的嫌疑。”警员暗示道。

“你这是什么意思？”姚虹气呼呼地问。

“根据我们的调查，你的化学成绩很好，我想你很清楚化学药物的作用吧。而且你是班里的化学课代表，手上有化学实验室的钥匙，可以随意出入实验室……”

“但是……但是那钥匙前些时候不见了……”

“让我提醒你钥匙丢在什么地方吧，就在实验室外的垃圾桶里，而且上面还有你的指纹。情况似乎已经很清楚了，是你进入实验室偷取了化学药物，之后再把钥匙扔在垃圾筒里……"

"不！我没有那样做！"姚虹跳了起来，大声地喊道，"这绝对不是我干的，不是我干的！"

小岚听完了姚虹和警员的对话，低头沉思了一会儿，然后对胡督察说："我想麻烦你帮我查一些资料。"

胡督察听小岚说完要查的内容后，说："没问题，我现在就去。一个小时之后，我们再碰头。"

胡督察走后，小岚给医院里的晓晴打了个电话。

"喂，晓晴吗？珊如的情况怎么样了？"

"她已经没事了！"那边传来了晓晴愉快的声音，"她已经度过了危险期，不过医生说还要留院观察一段时间。哦，对了，你那边案件查得怎么样了？"

"我现在要去一个地方，如果我没有判断错误的话，很快就会水落石出了。"小岚回答，嘴角露出微笑。

一个小时后，小岚和胡督察见面了。她看了胡督察交给她的一份文件后，喃喃地说："嗯，果然是这样……"

她对胡督察说："麻烦你通知珊如的舅舅，还有姚虹，现在马上去医院，我将会把结果告诉大家。”

胡督察有点吃惊，问：“你已经知道凶手是谁了吗？”

小岚笑了笑，神秘地说：“凶手嘛，现在就在医院里！”

已经是晚上了，医院的走廊静悄悄的，只是偶尔有几个护士走过。

突然，走廊里传来了脚步声，由远而近。一个人影出现在206号病房的门外，病房的门上写着病人名字——陈珊如。

在确认了房门上的名字后，那人轻轻地拧着把手，打开房门，向房门内张望。凭着微弱的灯光，只见一个女孩子静静地躺在床上，似乎是睡着了。

那人慢慢地向床边靠近，双手向床上的人伸去！

蒙眬中，陈珊如觉得在黑暗中有人正向她靠近。她立即清醒了，睁大眼睛，一个熟悉的面孔出现在她的面前。

“是你？！”陈珊如说。

“对呀，是我！”那人回答完陈珊如的话，又转头向后面说，“哦，她已经醒了，可以开灯了！”

“啪！”房间立刻明亮了起来，陈珊如一望，开灯的人是胡督察。而站在陈珊如面前的是小岚。

小岚笑了笑，耸耸肩说："刚才我想给你盖好被子，没想到吵醒你了。"

"不要紧……"陈珊如温柔地说。

接着，她又拉住小岚的手，说："小岚，我有话要对你说……"

"其他事等会儿再说吧，我只想告诉你，我们已经找到下毒的真正凶手了。"小岚望着陈珊如。

"嗯……是吗？"陈珊如避开小岚的目光。

"下毒的人就是你自己！"

陈珊如垂着眼睛，没有作声。

"事实上，中午我们在饭堂时，你已经有了自杀的打算。你在买粥的时候偷偷地把氰化物放进去，并编造出一个谎言，让我们以为你是被人下毒了。至于学校实验室的失窃案……"小岚说。

"是我做的，我偷走了化学课代表姚虹负责保管的钥匙，然后拿走了实验室的一瓶氰化物。我也没想到会给姚虹添这么大的麻烦。"陈珊如小声地说，"是我不好，其实我

现在挺后悔，清醒以后一直都想跟你说出事情真相……”

“唉，你真傻，何必这样做呢！”小岚说，“事实上，我知道你自杀的原因……”

“你知道？”珊如惊讶地问。

“胡督察拿你的那份保险单去鉴定了，发现文件上你舅舅的签名是假的，是你模仿舅舅的笔迹冒签的。我猜想，你是为了使舅舅有足够的赔偿金去还债，所以才这样做的，对吗？”

陈珊如没作声，小岚接着说：“珊如，以后有什么事情，可以找老师，也可以找同学们帮忙解决，不可以再做这样的傻事了！而且你这样做是犯法的，希望法庭体谅你的一片苦心，不予追究吧。”

舅舅陈方一直站在胡督察身后听着她们说话，这时已经泪流满面了。

“阿如！”一直站在门外的陈方走了进来，他紧握着珊如的手，哽咽地说，“傻孩子，你为什么要这样做！你要是死了，我怎么向你的父母交代呀……舅舅知道你很懂事，前几天你说要退学去打工赚钱帮舅舅还债，舅舅一时着急才打了你一巴掌，舅舅向你道歉……”

“舅舅，是我不好，让你操心了……”珊如呜咽着说。

“对了，我已经通知姚虹了，她怎么还没来？”胡督察突然问道。

正在这时，门外传来一阵哭声。

众人走到门外一看，只见姚虹正站在门口大哭。

原来，姚虹早就来了，她和陈方一起站在门外听到了一切，终于忍不住哭了。

“晓星，快发挥你哄女孩子的本领，任务是让姚虹笑起来。”小岚朝晓星一努嘴，晓星马上心领神会，嬉皮笑脸地上前，用尽法宝逗姚虹开心。

姚虹终于不再哭了，她走到床边与珊如手拉着手亲热地说着话，小岚笑着对胡督察说：“大团圆结局，这里已经没有我们的事了，还是走吧。”

一边走，胡督察一边问小岚：“你是根据什么断定陈珊如是自杀呢？”

“你知道我跟陈珊如是怎样成为好朋友的吗？”小岚对胡督察说，“那是珊如刚转校的第二天，我上学经过一

个路口时，看见一个男孩在取笑她，一个劲地喊她‘跛脚陈、跛脚陈’，那男孩比珊如高出大半头，但珊如却毫不犹豫地扑了上去，和那男孩打作一团，最后珊如被他推倒在地。你知道，我是有武术底子的，冲上去没几下就让那男孩成了手下败将，还勒令他向珊如道歉。”

小岚自己得意地笑了起来，笑完之后又接着说：“事后我觉得有点奇怪，珊如的外表看起来既斯文又柔弱，怎会让人取笑两句就有那么大的反应，竟然如此勇猛地跟那种人打起来。还有，珊如的脚并没有毛病，为什么那人却取笑她是‘跛脚陈’呢？这件事发生后没几天，我就去法国了，所以这个谜团一直都没有解开。”

胡督察摸摸下巴，有点不明白：“你说的这件事跟眼前这宗案子有什么关系呢？”

“你别着急嘛，当然有关系啦。”小岚继续说道，“直到刚在警局见到她的舅舅，发现他腿脚有点不便，我才恍然大悟，原来那个人取笑的是珊如的舅舅。瘦弱的珊如为了维护舅舅，居然敢和一个高大的男孩大打出手，可见她和她舅舅的感情是怎样的深厚。既然这样，她的舅舅

又怎会加害于她呢！”

“对，非常有道理。”胡督察赞同地说，“所以，你就要我去调查那份保单上的签名，果然发现那是珊如冒签的。”

“是呀。刚才我又去过珊如住的那幢大楼，向她的邻居了解了一下。原来，珊如的父母亲都是因为得了癌症而死的，当时珊如的舅舅为了给他们治病，向财务公司借了很多钱。珊如父母死了以后，他便把她当作自己的女儿一样抚养，为了珊如，他一直没有结婚。所以，珊如绝对有可能为了帮舅舅筹钱，不惜献上自己的生命。”

小岚说到这里，眼睛也有点湿润了。

胡督察不由由衷地赞叹：“小岚小姐，你真是料事如神！”

过了几天，陈珊如出院了。小岚、晓晴、晓星，还有姚虹都来接她。

晓晴和晓星吵着、嚷着让小岚再请他们吃饭。

“喂，我不是已经请你们吃了拉面吗？你们还有完没完！”面对晓晴和晓星不懈地纠缠，小岚烦得要死。

“那不算，那不能算！”晓星叫道，“那一餐还未吃完，所以不能算！”

“对呀，对呀！”晓晴附和着，“这次我要到半岛酒店去吃自助餐。”

“不请，我没钱。”小岚寸步不让。

“哼，发了大财还这样小气，小岚姐姐，你什么时候变得这么一毛不拔！”晓星转过身，对陈珊如和姚虹说，“告诉你们一个秘密，小岚姐姐成小富婆了，她写的一本侦探小说出版了，昨天刚刚收到了五万元的预付版税。”

“我早就知道了。”陈珊如小声地说，又用感激的眼神望着小岚，“小岚已经用这笔钱替舅舅还了一部分的欠款了。”

“真的？”晓晴、姚虹和晓星异口同声地叫着。

“小岚姐姐，你真是大慈大悲、大恩大德、大情大性、大仁大义、大鱼大肉……”

“好了，马屁精，你还有完没完！”晓晴追着晓星道。

他们五个人嚷着叫着，开心地笑作一团。

6 晓星失踪了

月黑风高，荒芜的郊外更显得阴森恐怖。

直插云天的树木被风吹得摇摇摆摆，像是一头头张牙舞爪的妖怪。风不时发出的呼呼声，仿佛妖怪低沉的吼叫声。

一间用木板搭成的小房子在树林中显得分外可怕，幽幽的光线从小房子紧闭的窗户里透了出来，更觉怪异。小房子里并没多少陈设，只有一张破旧的木桌和几把椅子，桌上放着一盏昏暗的油灯。

房子里只有两个人。其中一个高大结实的男人，面目

狰狞，满脸胡楂，他正用恶狠狠的语气打着电话。而另外一个人，则是一个不过十多岁的少年，他的手和脚都被绑得紧紧的，并被扔在房子的角落里，他的脸上流露着绝望和恐惧。

“什么？你们还没把赎金准备好？！”那男人对着电话大声吼道，“你们不要拖延时间了！我知道你们已经报了警，别以为我不知道！我限你们在明天晚上之前，把钱放在我要求的地点。不然，我就把你们的儿子杀掉！”

那男人挂上电话后，眼珠狡猾地转着，接着从怀里掏出了一把闪着寒光的刀子，向那陷入绝望的少年走去！

“明天我就可以拿到钱了，”那男人的刀在少年的面前晃了一晃，“不过，哈哈，即使我拿到钱也不会放了你的，因为你看见了我的样子，因此我得把你干掉！”

那少年听了他的话，吓得拼命挣扎，但是却毫无用处。只见那男人大声地狞笑着，并在少年惊恐的求饶声中，举起了刀子……

“啊！”晓星发出了惊心动魄的怪叫声，使得电影院里的观众都向他所在的方向望去。分别坐在他两边的小岚和晓晴，尴尬万分地把自己埋在椅子里，以逃避人们的目光。

“这只不过是一部电影而已！用不着这么投入吧？”电影结束后，他们三人一起走出电影院，晓晴气呼呼地对晓星说道。

今天是学校放假的第一天，因此小岚他们便一起逛街和看电影，想不到晓星竟然这样大出洋相……

“我已经说了很多遍对不起了！”晓星一脸委屈地说，“谁叫这电影的演员演技那么好，弄得我分不清演戏与现实呢。哼！这部电影根本就不适合儿童观看嘛。”

“你还算是儿童？你都已经十多岁啦，再过几年就可以领成人身份证了。”小岚教训他说，“说起来你也该长大啦，别再像个不懂事的小孩子，整天就知道玩玩玩！该好好想想自己的将来啦，要努力考上一所大学……喂，你听到我说的话没有？咦？”

小岚转过头，发现晓星不见了人影，向后一望，看见他把鼻子贴在一家玩具店的橱窗上，羡慕地看着里面各式各样的玩具，就只差流口水了。

小岚和晓晴对望了一眼，同时用鼻子哼了哼，说道：“还是没长大。”

晓星像只壁虎一样“吸”在玩具店的橱窗上，怎么也不肯走。

“喂！你还要看多久呀？”小岚忍不住走过来扯他的耳朵。

“呀！小岚姐姐，我要买玩具，我要买那个‘超级加强特攻型特种四驱无敌战士5号’！我已经集齐四个啦，就差这个啦……”晓星嚷着说。

“唉，我管你什么无敌战士，上个月你过生日不是送了你一个‘绝对炫酷无厘头黑洞型数码陀螺’吗？这次我绝对不会浪费钱买玩具给你了。”看见晓星拼命眨眼快哭的表情，小岚只好补充道，“不要这样啦，顶多我这个假期多陪你逛逛街，请你看卡通电影好不好？”

“不好！这个假期我应该都没有时间逛街了。”晓星唉声叹气说，“因为我要继续上课。”

"为什么？"小岚不解地问，"学校不是已经放假了吗？为什么还要上课？是不是你有科目考得不好要留堂补课呢？"

"不是，是因为他功课太好了。"晓晴幸灾乐祸地说，"爸爸妈妈认为他是我们家族百年不遇的天才，认为他应该更全面地进行学习，所以打算替他报钢琴、书法、绘画、围棋等六个兴趣班。每天一个兴趣班，所以嘛，这个假期晓星除了星期天，每一天都要上课……"

小岚张口结舌，好可怜的晓星啊！

"哼！还说是兴趣班呢，那些课程我一点'兴趣'都没有。"晓星一脸郁闷。

"那你可以跟爸爸妈妈商量一下嘛，看少上一两个班行不行？"小岚提议道。

晓星摇了摇头，样子很可怜："我已经说过了，但他们都假装听不到我说话。好悲剧啊，我的人权在哪里，在哪里？！不行，我得在家里静坐抗议！"

"既然是已经决定了的事，那就接受现实吧，抱怨也是没有用的，对不对？"晓晴又故意拉着小岚的手，说，

“小岚，这个假期我们怎么过，我们好好计划一下。看五场电影，去六次旅行……”

晓星的小心肝碎了一地，他急忙用手捂住耳朵。

突然，晓星灵机一动有了主意，他眨眨眼睛，自言自语道：“呵呵，只要我这样做……果然是个好点子……”

“喂！你在喃喃自语什么？”小岚看到他这个样子，知道他又不知在想什么鬼主意了。

“哦……没什么，”晓星诡秘地笑着说，“呀！我的肚子很饿呢，不如我们找一间餐厅吃午饭吧！”

“哦，赞成。”晓晴点点头说，“我们在哪里吃饭呢？”

“就那一间吧！”晓星随便指了对面的一间餐厅。

“哇，这间餐馆的东西太贵了！”在餐馆坐下后，晓晴看着菜单说。

晓星说：“难得我们一起出来逛街，吃得贵点没关系啦，反正是小岚姐姐请客……”

“等一等！我什么时候说过我请的呀？”小岚故意装出一副凶样，对晓星说。

晓星朝小岚扮了个鬼脸，然后便站起来往外跑。

“喂！你去哪里？”晓晴问他。

“我去洗手间啦，你们先点菜吧！”晓星头也不回地说，很快就消失在转角处。

但是，过了十几分钟后，晓星还没有回来。

“这个晓星，别是在里面睡着了吧！去这么久？”小岚有点不耐烦了。

晓晴有点担心地说：“是不是有什么意外呢？”

事实上，晓星避开小岚和晓晴的视线，坐到了拐角一张桌子旁，他拿了餐厅内用来点菜的纸和笔，用左手写了一封“绑架信”。

“绑架信”的内容是这样的：

晓星已经被我绑架了，不准通知警察，不然的话就撕票。回家等候我的电话，到时我会告诉你如何交赎金。

帅帅侠

然后晓星把纸对折起来，又在上面写上请把这张纸交23号台的晓晴姐姐。

“我真聪明！”在写完后，晓星自言自语说，“嘻嘻，只有天才才能想到这个点子呢！一会儿我把这张纸贴

在洗手间门口，服务员看到之后就会把信交给小岚她们，然后她们就会以为我真的被绑架了。我可以躲到表哥家里去，几天之后，我再编一个故事回到家中，说我刚从绑架犯的手中逃出来……到那时，应该就会错过那些兴趣班的报名日期，那么就不用上讨厌的兴趣班了！嘻嘻！”

晓星心里挺美的，觉得自己还挺有“犯罪”天分的！

“好了，现在首先要做的是……”晓星确定没人留意自己之后，便随手从桌上拿了瓶番茄酱，往洗手间走去。

确定四下无人时，晓星把番茄酱涂在“绑架信”的背面，然后粘在洗手间门上显眼的位置。

但是晓星却没想到，背后有一双手正慢慢地向他伸去……

“你好，”一位服务员走上前来，对小岚和晓晴说，“刚才清洁工在洗手间门上发现了这张纸，应该是给你们的……”

服务员把那满是番茄酱的纸放在桌子上。

小岚和晓晴一齐读着上面的字：“请把这张纸交给23号台的晓晴姐姐。”

"谁给我的……咦……好脏！"晓晴皱着眉头，用两只手指打开那张纸。当她看见里面的内容时，脸上突然出现了惊恐的表情。

小岚看出了晓晴脸上的异样，连忙凑上去看里面的内容。但当她仔细地把内容看了几遍之后，就立即哈哈大笑起来。

晓晴表情怪异地看着小岚，奇怪她为什么这样冷酷无情。

看见晓晴的神情，小岚解释道："这信是假的，是晓星那小子自己写的。"

"为什么你这么肯定？"晓晴问。

"你看！"小岚笑着指着纸上的一行字，"'请把这张纸交给23号台的晓晴姐姐'，一个绑架犯怎会把晓晴你称为姐姐？晓星分明想作弄我们，但是却留下了这么大的一个破绽，还以为可以骗得了我们。哈哈……"

知道这是晓星的恶作剧之后，晓晴才松了一口气。

"我想晓星一定就躲在我们附近呢！"小岚把手举在眉上呈远观状，她环顾四周，"他很快就会灰溜溜地现身

了。看见我们满不在乎的样子，就应该知道自己的把戏已经失败了。”

但是等了好久，还不见晓星出来，小岚可没有耐性再等，就和晓晴分头去找他，但是整个餐厅都找遍了，都没有找到。

“他是躲在洗手间里面了吧？”小岚猜测道。

她们请一位男服务员进男洗手间去找晓星，但男服务员出来说，里面一个人也没有。

“晓星到底躲哪里去了呢？”晓晴开始担心起来，“按我们坐的位置，如果晓星从门口出去的话，我们应该会看到他的。这里又没有其他出口……”

两人走出餐厅，往周围张望着。

这时小岚突然想起了一件事：“对了！晓晴，晓星身上不是带着手机吗？打他的电话吧。”

“啊，怎么我没想起来呢？”晓晴喊了起来。

两人在餐厅对面的露天咖啡厅坐了下来，晓晴拿出手机拨了晓星的电话，而且电话立即接通了：“喂？喂？是晓星吗？”

“你们的晓星，现在在我手上！”电话那边竟传出了一个粗粗的男声，这不可能是晓星装出来的！

“你，你是谁？晓星在哪里？”晓晴吓了一跳，连身旁的小岚也知道事情不妙。

“你当然不知道我是谁了，叫你身边那个大侦探来听电话！”那个男人粗暴地叫道，晓晴立即战战兢兢地把电话交给了小岚。

小岚接过电话，冷静地问道：“你是谁？”

“不记得我了吗？我是方宏呀！是你把我送进监狱的，你忘了吗？”听了对方的话，小岚愣了。

不久前小岚他们曾到上海游玩，在那里无意中碰上了一宗谋杀案，小岚以她无比精密的推理方法把凶手捉拿归案，那凶手就是方宏。

小岚吓了一跳，心想方宏不是被判终身监禁了吗？为什么会在这里出现？难道……

“你一定在想为什么我会出现在这里吧，”那人像是看透了小岚的内心一样，“我从监狱逃出来了，现在我已经自由了……”

“晓星呢？晓星在哪里？”小岚接着大声问道。

她的话音刚落，电话那边传出了晓星的声音：“小岚姐姐！我……”但他的声音立即又消失了，好像突然被人捂住了嘴巴一样。

“放心！我不会伤害他的。”电话那头又出现那男人的声音，“我只是想要一点钱逃亡而已，只要你在今天之内把两万元放到我指定的地方，我就马上把他放了。”

“好！”小岚立即答应道，“但你绝对不能伤害他，我要把钱放在哪里？”

“这个我迟点再告诉你，但我警告你，绝对不能报警！我就在你附近监视着你，若你报警，这个小子的性命我就不能保证喽……”说完他便挂掉了电话。

“怎么了？发生了什么事？晓星到底怎么样了？”晓晴急得快哭出来了，连连追问。

小岚把晓星被方宏绑架了的事告诉晓晴。

“方宏？那摩天大厦谋杀案的凶手？天啊，你是说，晓星被那个人绑架了？”晓晴害怕极了，“怎么会这样呢，不如我们报警吧，让警察去把晓星救出来。”

"暂时别报警。"小岚摇摇头说，"那个方宏说他正在监视我们的一举一动。我觉得他没有说谎，要不他刚才不会知道我就在你身边了。我们还是先自己想办法把晓星找出来！"

"好好好，听你的。"晓晴用信赖的眼神看着小岚。

"刚才和方宏通话时，我用手机中内置的录音功能，把整段对话都录了下来……"小岚说着拿起晓晴的手机，"我们再听一听那段对话，看看有什么线索！"

她们一起听那段录音，其中一个地方小岚听了好几遍。

"怎么了？你听到什么了？"晓晴焦急地问道。

小岚说："你也听一听，注意这段录音中的背景声音！"

"我只是听到很多杂音……"晓晴仔细地听着，"咦！那是什么声音？有一个女性的声音，她在用中文和英文还有粤语讲话……噢，对了！那是九广铁路播音员报站的声音。她在说：'请小心列车与站台之间的空隙，Please mind the platform gap……'"

"说得对！"小岚赞同道，"方宏打电话的时候就在火车站站台附近。咦，那边不就是火车站站台吗？从那里

望出来，视野很开阔，完全可以用望远镜监视我们！”

“那我们赶快去那里找晓星！”晓晴说着和小岚立即往火车站跑去。

小岚和晓晴很快到了车站站台上。由于现在是非繁忙时段，站台上的乘客很少，要找人很容易。

“我们分头去找吧！”晓晴提议。

“好！不过要小心，有什么事就大声叫喊。”小岚对她说。

过了十分钟后，小岚和晓晴找遍了整个站台，仍然找不到晓星和方宏。

“难道是我猜错了？”小岚奇怪地说。

“小岚！”就在这时，晓晴一边叫着，一边向她跑来，手上还拿着一张纸条，“我在站台的一个灯柱上发现了这张纸条。”

小岚拿起纸条，只见上面写着：“哈哈，你们是找不到我的，我已经带着晓星到另一个地方了。等我的电话吧。”

看完纸条后，小岚无奈地叹了一口气：“唉，我遇到了厉害的对手。”

晓晴看着小岚，心里乱极了，连小岚都认为这绑架犯厉害……

就在这时，晓晴身上的电话响了起来，晓晴一看上面显示的正是晓星的号码，立刻把电话交给了小岚。

“好了，”电话那边传来了方宏的声音，“现在是时候告诉你如何交赎金了。”

“你说吧，我应该把赎金放在哪里？”

“上环第十街路口有一个警察巡逻登记箱，到时就把钱扔进去吧，具体时间我会再通知你！”方宏说。

所谓警察巡逻登记箱，就是供警察巡逻时，记下巡逻时间和情况的一个放登记本的箱子。

“什么？”小岚不禁奇怪，“为什么要放在那种地方？如果刚好有巡警经过的话，不就会发现里面的钱了吗？”

“不要问我为什么，总之照我的话去做就是了！”说完，方宏便挂了电话。

小岚把两万元从银行提出来并赶到上环的时候，天已

经快黑了。

虽然不知道为什么方宏要求小岚把钱放在这么一个奇怪的地方，但小岚也唯有照办了。

小岚和晓晴很快就找到了第十街，那条街上都是一些豪宅，路口第一户人家的大门旁果然挂着一个警察巡逻登记箱。

按照两个小时前方宏打来的电话的指示，晚上七点整，小岚把钱小心地放在了箱内。

“喂？是方宏吗？我们已经把钱放进你要求的地方了。”小岚接着打了一通电话给方宏。

“很好！当我拿了钱后，我就会放人了，但是你们不要企图监视我，离那个箱子远一点！”方宏恶狠狠地警告道，接着就结束了通话。

“来吧，我们找个地方躲起来。”小岚对晓晴说。

小岚和晓晴走进了对面一间小书店，她们找了一个方便监视的地方坐下，然后拿了一本书做样子，实际上眼睛却紧紧地盯着那个登记箱。

“当方宏来取钱时，我就立即冲上前去抓他，而你就负责大喊打劫，那么靠路人的帮助我们就可以制服他了。”小岚小声吩咐着，晓晴紧张地点了点头。

她们一直盯着那个箱子，过了半个小时，方宏还没来，又过了半个小时，方宏还是没有出现。

难道那家伙知道我在监视他，所以不敢出现？小岚心想。

就在这个时候，有人来了。这人身板直挺、双手放在背后，慢慢地踱到那个登记箱前。不过，显然不是方宏，因为他身穿警察制服、头戴大盖帽，是个巡警！

糟了！如果被他发现那些钱就麻烦了！小岚心里立即紧张了起来，她不想节外生枝。

幸运的是，那个帽檐压得低低的巡警只是在登记箱前停留了十几秒，像是把那长长窄窄的登记本从箱中抽出来，简单写了几个字就离开了。他应该没有发现箱子里还有东西，这使得小岚和晓晴都松了一口气。

又过了半个小时，方宏还是没有出现。

正当小岚和晓晴急得如热锅上的蚂蚁时，目标人物出现了！

那个人衣着破烂，一件领子竖起的破大衣几乎把他的脸都遮住了。他的背后拖着一个袋子，发出“咣当咣当”的响声，跟那些收废品的人没什么两样。

“装得倒像！就是他！”当那人走到登记箱前时，小岚嗖一下跃起，冲了过去，一把抓住了那个人的胳膊。

那个人怪叫了一声，惊愕地看着小岚。小岚定睛一看，他并不是方宏！

那人战战兢兢地解释说：“我……我只是个收废品的，不要抓我，不要抓我。”

小岚连忙把他放开，并连声道歉：“对不起，但那箱子里的钱不是你的，你不能拿。”

“钱？登记箱里有钱？”那个收废品的眼睛睁得大大的，往箱子里瞅了瞅，“没有啊，箱子里面没有钱！”

“什么？”小岚立即往箱子里看，发现里面的钱不见了！

“怎么会这样……”小岚奇怪地自言自语道，“那是不可能的，刚才我们一直在监视着，眼睛也没有眨一下，那人是什么时候把钱拿走的？”

登记箱

这时，晓晴的手机响了起来，晓晴把它交给了小岚。

“哈哈，多谢你的钱呢，你一定想不通我是如何把钱拿走的吧……”

那个巡警？！小岚生气地跺着脚。没想到浅水里也能翻船，那方宏竟然有警察制服。

被人算计的滋味不好受，小岚恼火地说：“好了，废话少说，你现在收到钱了，应该守信用，放了晓星吧！”

电话那边传来了那人的狂笑声：“对不起呢！偏偏我是个不守信用的人。我会好好招待你的小兄弟的。”

那绑匪的话令小岚心中一惊：“你不要乱来，杀人会判很重的罪！”

“你管我！你现在无论如何也阻止不了我啦！”电话那边的声音可怕得令人发怵，“来吧，和你的晓星说声再见吧！”

这时，电话中传来了晓星的声音：“小岚姐姐！救我呀！救我、救我呀……”

“晓星，晓星！”小岚一边听着晓星绝望的声音，一边想着办法。怎么办？怎么办呢？

“小岚姐姐！我快要死了，救命……”晓星的声音听起来很悲伤。

“你不要说傻话，你不会有事的，”小岚急急地说，“你一定会平安回来的！”

“嗯……”晓星这时顿了一顿，“如果我平安回来的话，你会买我喜欢的玩具给我玩吗？”

“会的，一定会的……”小岚的眼泪差点流了下来，她开始后悔当时没给晓星买那个什么超级加强特攻型特种四驱无敌战士5号了。

这时晓星又说话了：“小岚姐姐，你发个毒誓，你跟我说，‘如果我不买超级加强特攻型特种四驱无敌战士5号给晓星，就是猪，大笨猪！’”

小岚刚要开口说话，突然，脑海中浮起了一个念头。

难道是这样？我明白了，原来是这样，所有的谜底都解开了！小岚心里想着。

“对了，晓星，你叫那个绑匪来听电话。”小岚突然说。

当晓星把电话交回绑匪时，小岚说了一句令人惊讶

的话："你好吗？胡督察。"

"什……什么，嗯？你叫我什么？"

小岚这时笑了起来："不要再装了，我什么都知道了！"接着便哈哈大笑了起来，身旁的晓晴还以为她犯神经病了呢！

"哈哈哈，想不到……竟然被你识破了。我很佩服你呢。"胡督察从旁边一条小巷子里走了出来，而鬼鬼祟祟地躲在他高大的身躯背后的，就是那个被人"绑架"了的晓星。

"你……怎么？到底发生了什么事？"晓晴越弄越糊涂了。

"他，就是这宗绑架案的主犯，"小岚指着胡督察说，接着又指向晓星，"而他，就是这宗绑架案的假受害者，真帮凶。他们只是在演戏而已。"

"晓星！"晓晴气急败坏地对晓星说，"我要你清清楚楚地解释一下，究竟是怎么回事！"

晓星看见她姐姐凶恶的神情，吓得把探出的脑袋又缩了回去。

“嘿嘿嘿……你们要怪就怪我好了！”胡督察急忙说。原来当晓星正打算作弄小岚她们时，却在洗手间门口碰上了也在餐厅吃饭的胡督察。胡督察灵机一动，便和晓星一起设计了这起绑架案，用来“考验小岚的推理能力”。

“哈哈！我刚才在电话中的呼救声是不是很逼真呢！”晓星看见连小岚都被自己作弄，得意忘形起来。想不到小岚毫不留情地用指关节给了他一个“糖炒栗子”吃。

“妈呀，好痛呀！”晓星捂着头嚷道。

“为了赔罪，今晚这饭就由我请吧！”在一间餐厅坐下后，胡督察对大家说。

“嘿！今天中午忙着计划，都没有东西下肚，现在可以好好吃一顿了。”晓星拿着菜单，眼睛睁得像铜铃般大，逐一检视着菜式，显然又在实行他“不贵不吃”的政策了。

“好啊，吃饱点。今晚回去跪榴梿。”晓晴的气还未消呢。

这时，胡督察才正式对小岚说道：“老实跟你说，我并非闲得无聊才和晓星一起玩这个骗人的把戏，其实这

是上级交给我的一个重要任务。自从你从法国的国际罪案研究课程毕业之后，回来香港也有半年时间了，为了测试你在这个研究课程中有没有学到真本事，我受有关方面的委托对你进行一次测验，所以才跟你‘玩’了这个‘游戏’。”

“原来是这样！”小岚本来还有点气恼，听了胡督察的解释后，便完全释然了。

胡督察说：“不过我无论如何也想不通，为什么你会在最后一刻知道是我在作弄你？”

“哈哈哈……”小岚笑了起来，望着晓星说，“其中一个原因是晓星，因为我不相信一个小孩子会在生死关头，还死缠烂打要人发毒誓买玩具给他。”

胡督察白了晓星一眼，都是这个“见玩具忘义”的家伙坏了事！

“不过，主要的原因是我突然想到了那笔突然失踪的钱。”小岚说，“那笔钱是不会自己消失的，一定是有一个人把他拿走了，既然不是那个收废品的人干的，就只可能是那个巡警了。我本来想会不会是那个方宏装扮成了一个警察呢？但细心想想又不可能，因为香港警队管理严格，制服不会那么容易落到罪犯手里的，何况那人走起路来昂首挺胸的，很有香港警察风范，实在不像一个在逃的犯人。那么为什么那位巡警会悄悄地把钱拿走呢？有什么人可以指挥动一个巡警呢？我首先想到的人就是你！”

胡督察得意扬扬地说：“哈哈，没错，的确是我指使那位巡警，叫他悄悄把钱拿走的。他还以为这是个‘特别任务’呢。”

小岚瞅了他一眼，嘀咕道：“这个人怎么成为督察的，真是香港警界的不幸！”

胡督察问：“你说什么？”

小岚说：“我是说，有你这样了不起的督察，真是香港的福气。”

胡督察得意地说：“那当然。”

“我有一个问题怎样也想不通。”晓晴问，“你们是如何离开餐厅的？”

“那很简单呢！餐厅厨房有一道小门可以通到后巷，我出示证件，员工就让我从那里走出去了。”胡督察笑着说。

小岚拿起菜单，边翻边说：“胡督察，为了庆祝你假绑架成功，我会叫这间餐厅最贵的东西。服务员！我要个法国大全餐，外加一例海鲜鱼翅汤，另外还要一瓶1893年的极品红酒……”

“喂……你要知道当督察不一定很有钱呢！上次那餐已经把我吃穷了……”胡督察慌忙阻止。

大家都笑了起来。

“唉，你们可是开心啦！”这时晓星说，“可怜我整个假期都要上课呢……”

“哼……本来我和小岚打算向爸妈求情，让他们手下留情的……”晓晴对他说，“想不到你竟然作弄我们，现在我们不会帮你了，这是你——”

“自作自受！”晓晴和小岚齐声说道。

她们幸灾乐祸笑了个痛快，也不管在一边独自懊恼的晓星。幸亏菜来了，晓星马上忘记了所有不快，拿起筷子大吃起来。

小岚给每个人倒了一杯饮料，又率先举起杯子，说：“来，为我们的友谊，为我们的相识干杯！”

晓晴拿起杯子，笑着说：“小岚，你怎么突然变得这么感性？”

晓星倒是觉得挺好玩，拿着杯子把每个人的杯子碰得叮当响。

“干杯！”四只杯子碰在一起。

小岚停了停，很难启齿地说：“其实这顿也可以说是我的告别宴，下个学期，爸爸妈妈要我去美国读书了。”

“什么？！”在座的另外三个人几乎同时叫了起来。

“哇！我不要，不要！”晓星放下筷子，哭着把小岚的手臂紧紧抱在怀里，“我不要小岚姐姐你走！”

“天啊，我们不是要一生一世长相厮守的吗？”晓晴也哭着扑向小岚，口水鼻涕糊了小岚一身。

胡督察倒还算镇定，只是低着头用手指摆弄着衣服下摆，他小声说：“你走了，我怎么办？”

“你们好肉麻啊！”小岚吓得落荒而逃。

留在餐桌边的两男一女马上恢复常态，开始密谋一个新的“绑架大计”，目的只有一个，不能让小岚走！